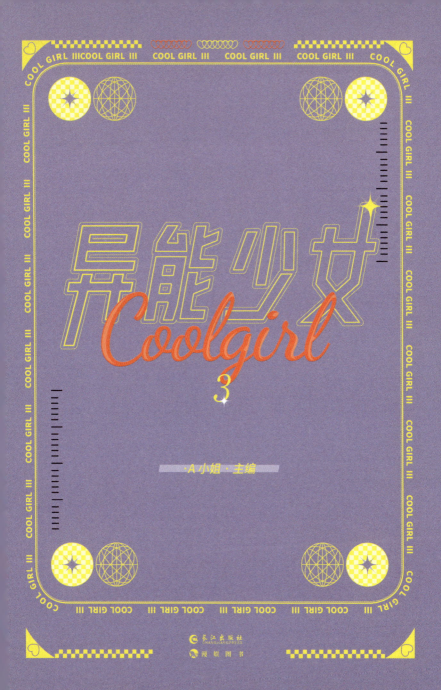

异能少女
Coolgirl
3

·A小姐·主编

长江出版社
CHANGJIANG PRESS

砚娱图书

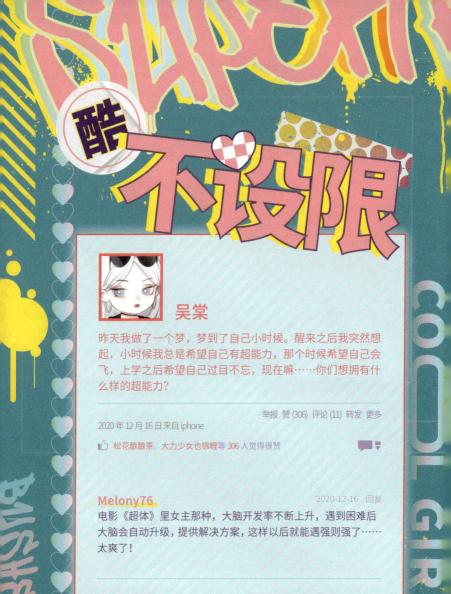

酷 不设限

吴棠

昨天我做了一个梦，梦到了自己小时候。醒来之后我突然想起，小时候我总是希望自己有超能力，那个时候希望自己会飞，上学之后希望自己过目不忘，现在嘛……你们想拥有什么样的超能力？

举报 赞 (306) 评论 (11) 转发 更多

2020 年 12 月 16 日来自 iphone

👍 松花酿酿茶、大力少女也锦鲤等 306 人觉得很赞 💬 ▾

Melony76　　　　　　　　　　　　2020-12-16　回复
电影《超体》里女主那种，大脑开发率不断上升，遇到困难后大脑会自动升级，提供解决方案，这样以后就能遇强则强了……太爽了！

松花酿酿茶　　　　　　　　　　　2020-12-16　回复
我想要能看到风的形状的超能力。

小蘑菇吖哈   2020-12-16   回复

当然是主角光环啦，什么超能力都抵挡不了。

要吃两碗饭   2020-12-16   回复

我觉得能控制时间的都很厉害，想拥有这个！

爆炸的萝卜糕   2020-12-16   回复

我凭自己本事单身，为什么要算被动技能？！

JyunL   2020-12-16   回复

我想要永远好运的超能力，有了好运气，感觉什么都会实现。

我的魔杖呢   2020-12-16   回复

我不挑，不管是被雷劈一下，还是被蜘蛛咬一下，我都不介意，
请问我的超能力什么时候给我？

不吃鱼真的太好啦   2020-12-16   回复

我想拥有心想事成的超能力……不觉得这个才是最厉害的吗？

大力少女也锦鲤   2020-12-16   回复

必须是爱的能力。

穿堂风 LIUX   2020-12-16   回复

不贪，就想要一副怪盗基德的嗓子。

给我三分糖去冰   2020-12-16   回复

我想要"让所有人都觉得我很厉害"的超能力。

 吴棠

和大家分享一下！最近我养了两只猫，一只灰色的叫鳗鱼饭，一只白色的叫糯米团，它们实在是太可爱了！每次我 rua 着它们时会忍不住想，如果我有变成猫的超能力，我会去做什么。姐妹们有想过吗？

举报　赞 (584)　评论 (12)　转发　更多

2020 年 12 月 20 日来自 iphone

👍 香蕉煎饼 banana 等 584 人觉得很赞

香蕉煎饼 banana　　　　　　　　　　2020-12-20　回复

最想让喜欢的人先知道……然后希望能到她家去……

大神奎奎　　　　　　　　　　　　　2020-12-20　回复

我想去亲近那些自己是人的时候想亲近又不好意思亲近的人，我要光明正大的跟他们撒娇！

不喜欢喝酸奶 2333　　　　　　　　2020-12-20　回复

对着自己心爱的人喵喵喵。

不吃鱼真的太好啦　　　　　　　　　2020-12-20　回复

那我应该会变成橘猫吧，首先我要看看镜子里胖胖的自己，亲亲自己。

边夫人 sr　　　　　　　　　2020-12-20　回复

伸懒腰！好想像猫咪一样伸个懒腰！妈耶……一定很舒服……

LikH_HL　　　　　　　　　2020-12-20　回复

去路上碰瓷小哥哥啊！钻进他的怀里不下来，要他亲亲抱抱举高高！

原味有味吗　　　　　　　　2020-12-20　回复

尝尝猫粮，吸吸猫薄荷，当人的时候好奇死了。

二饭么么哒　　　　　　　　2020-12-20　回复

舔毛，晒太阳，睡觉，没有追求的一天。

今天星期八 mua　　　　　　2020-12-20　回复

先让我缓个分把钟，告诉自己不是梦。然后接着睡……

把黑眼圈养大　　　　　　　2020-12-20　回复

我要去抱别的猫，整个身子都趴上去的那种。

---

sleep 苏维　　　　　　　　2020-12-20　回复

踩奶！疯狂踩奶！真真实实想知道为啥一只猫会那么喜欢踩奶，一踩就疯狂地呼噜呼噜。

是七宝粥　　　　　　　　　2020-12-20　回复

晴天的话大概会晒太阳伸懒腰，雨天就钻进帅气铲屎官的被子里享受下午。

独属你的超能力

一个晴朗的午后，阳光从书桌前的窗玻璃上透进来，洒在你的课本上。白色的课本上，有树影在微微晃动，你情不自禁地看着它们发起了呆。一个晃神之后，你发现你周围那些熟悉的事物都消失了，你身处一个空旷的空间里，被巨大的白光包围，目之所及，一片空白。这时，你的耳边出现了一个声音——

恭喜你！你被选中了！现在，闭上眼睛，等待那个独属你的符号浮现在你的脑海中，拥抱它吧，你将会得到一个意想不到的惊喜！

超能力大图鉴

今天也是 Ye Shi
JinJian
彼岸花

文/魏满十四碎

"我怎么也没想到，有一天能轮到我来救韩殊。"

今天也是菟丝花

图

魏满十四碎

别问，问就是成年了。微博——魏满十四碎

01

　　我娘亲说，我是这京城里最文静贤淑的女子，当得嫁我大魏朝最好的男子。

　　她这话是当着众多大臣女眷的面讲的，彼时她抬着下巴，紧握着我的手，十足骄傲的模样。我为了不驳她的面子和我自己的面子，也十分骄矜地挺直了脊背。

　　其实我内心颇为心虚，我能获得我娘的这番肯定，全然是因为我身上捆绑的那个系统的功劳。

　　它虽自称"古代版梦中情人典范"系统，但经我数年来血泪交织的用户体验，梦不梦中情人的暂且不提，把它比作一部白莲花行为规范守则更为合适。

　　在它十年如一日的督促和逼迫下，我终不负我娘所望，成长为一个身姿弱柳扶风、说话柔声细语、心里骂骂咧咧的京城才女。

我娘说完这话没几天，我就跟着那些个世族贵女随皇上参加春猎去了。

　　午间日头炽烈，我的丫鬟替我撑着把纸伞，又拿了染香的丝帕要帮我擦拭凳子。我拦住她准备自己来，拭灰的当口，我听见身后传来一声女子的嗤笑。

　　"矫揉造作。"

　　呵呵。

　　这个词已经跟了我许多年了。

　　我娘出生世家大族，自小便是按照大家闺秀的标准培养的，所以她也是这么培养我的。在她们那个年代，女子就应温柔娴静，知书达理，大门不出二门不迈，把相夫教子、孝顺公婆当作人生中最重要的事情。

　　可谁知不过十几年潮流就变了，自打当今天子娶了女扮男装官拜丞相的女子当皇后之后，朝中的女官是越来越多了。许多女子已不甘心坐在家中当个贤妻良母，誓要走入市井、走入朝堂，投身到教育改革和生产劳动中去。

　　于是乎我这样的，就成了大家鄙夷的对象。

　　我没理会她们，把凳子擦得光溜溜的，小心地将自己的屁股放上去。就在这时，一个身着海棠红骑装的女子走到我身侧，大马金刀地叉着腿坐了下来，用手背抹了抹额头上的汗。

　　这人正是京中女子崇拜的对象，无数世家公子的心上人，我朝第一个女将军，孙婵。

　　她扭头扫了我一眼，淡淡的没说话，又将脸撇了过去。

　　我偷摸将递帕子的手收了回来。哎，与她坐在一处，叫我也做了

一回众人目光的焦点，脸上温柔的表情都有点端不住了。

不多时，有一人将酒囊递到她面前，笑道："瞧你嘴皮子干的，就没个有眼力见儿的给你送口水喝吗？"

有啊，但是我怕她不喝我送的。

我顺着那骨节分明的手指朝上看去，瞧见一张俊朗不凡的脸。

哦，他就是我大魏朝最好的男子，韩殊。

原本他可以安心待在京中世袭他爹的王位，如其他世家子弟那般，可这人有鸿鹄之志，不愿做那混吃等死的二世祖。于是十六岁时他请命前往北疆，纵横沙场，战功赫赫。

我也是个贪慕美色的俗人，瞧见这等英武不凡的男子，小心脏禁不住扑通扑通跳了两下。

孙婵打开塞子放在鼻端嗅了嗅，笑着仰头饮了一口。

"还是北疆的松醪酒够味儿。"

我还未见过哪个女子喝酒的姿势同她一般潇洒，禁不住愣愣地瞧着她。

我又听到陆笙在背后笑话我是个蠢的了。

哎，她说话可真粗鲁。

02

皇帝让我们几个姑娘比箭，不出意外，孙婵又出了风头。她拿的是军中用的牛角弓，弓弦拉到最满，羽箭"嗖"的一下射了出去，正中靶心。

连男子都在为她欢呼，我也觉得十分佩服。

轮到我的时候，我戴上了娘亲怕我弄伤手特意为我准备的蚕丝手套。候场时陆笙看见了，翻了个白眼，估计是又觉得我在穷讲究了。

我费了吃奶的劲儿拉开弓，还要注意姿势优雅，不然就得被系统电。日光太猛了，我的眼睛在强光下看不大清楚红心，只好胡乱射了几箭。下场时我特意去靶子那里看了看，不错，箭都好端端地插在上面，我还挺有天赋的。

就在我自鸣得意的时候，一个人影暮地往我这里挪了一步，乌压压地将我面前的太阳挡了个严实。我抬起头，看到一只熟悉的大手，手里抓着一支黑色的箭。

"韩将军，怪我箭术不精，没伤着您吧？"陆笙急急忙忙地跑过来，脸都吓白了。

韩殊将箭扔到地上，低头瞥了我一眼。

"以后看着点人。"他说完这句话转身走了，阳光又重新回到了我脸上。

我后知后觉地发现自己被人救了。

救我的是韩殊，我忘了跟他道谢。

丫鬟说陆笙肯定是故意的，我教育她不要老把人往坏处想，要怀着一腔善意看待这个世界的人和事。陆笙估计是想吓吓我，但肯定没真想把我射死。毕竟我爹是户部尚书，她把我弄死了，她肯定没好果子吃。

不过如果韩殊没有救我，我说不定就被箭插死了。

娘亲常说，做人要知恩图报，系统也撺掇着我去表示一下，估计

它觉得这是个立人设的好机会。

是以他猎鹿归来那会儿，我瞧他颈侧和手背起了些疹子，也不知是虫子叮的还是衣裳捂的，就拿着祖传的止痒膏走了过去。

或许是那时我的脸被日头晒得太红让他生出误会，我本是为了感谢他，他却觉得我是想嫁给他，于是说了一声"不必了"，就翻身上马同孙婵疾驰而去。

我遥望着他们并肩而行的景象，想起自己上回学骑马。开始时两股战战，中间一度觉得自己很行，直到我二哥朝马屁股踹了一脚，马儿驮着我一路飞奔，刹也刹不住，吓得我有了严重的心理阴影。

最后虽然是二哥把我救下了马，他还是被娘亲罚跪在祠堂，一天没准吃饭。

罢了，羡慕不来。

我迈着欢快的小碎步，婷婷袅袅地赶回帐篷那儿吃烤兔。

我还是比较适合在家里绣花，驾马的缰绳太糙，给我手心都磨红了。

03

我怎么也没想到，有一天能轮到我来救韩殊。

事情是这样的，那天我同丫鬟坐着马车从远在宁城的外公家回来，想赶在城门关闭前进京，结果却在半路被山匪劫了道。

马夫被杀了，小厮也被杀了，就剩我跟丫鬟两个人因为是女流而活了下来。

我觉着这山匪应当是新来的，否则这天子脚下，过往的人大多都

是王公贵族，他们抢得黄金万两又如何？十个脑袋都不够他们砍的。

不过这一片原先极是安宁祥和的，这些山匪应当和淮南水患有关，大概是难民。

见到韩殊时，我更加肯定了我这个想法。他们竟然连世子将军都敢绑，不知道是谁给他们的勇气。

我被绑得结结实实，同我的丫鬟一起被推搡到那个阴暗的小房间里。丫鬟哭得十分伤心，使劲儿往我边上靠，嘴里喊着"小姐、小姐"。我自小和她一起长大，知道她胆子小，就软声安抚："我在、我在。"

她还是在哭，我企图安慰她："你瞧，我们与韩将军关在一处，韩将军是个男人，这至少表明了那群山匪只是想抢劫我们的财物，对我们的美色并不感兴趣。"

丫鬟抬起哭红的小脸："真的吗？"

"不过我瞧见韩将军被揍得鼻青脸肿，腿上还插着一把匕首，这要么是逃跑到一半被捉回来打的，要么是被打成这样才被捉到的，除了说明那群山匪极为残暴外，也说明他们大概是豁出去了。"我忧愁道，"一旦他们不要命了，我们的清白和小命也就难保了。"

丫鬟被我这么一安慰，越发绝望了。她哭哭啼啼地问我："小姐，对于女子来说，清白是不是比命还重要？"

我摇摇头，一不小心说了大实话："那自然是小命要紧。"

在我战战兢兢担心被系统电流警告的时候，我听见角落里的男人粗哑地笑了一声："没骨气。"

你瞧，这才见了几面，就叫他看穿了我的本性。

"你抖什么？"他又问。

我转头望向他："我害怕。"

难不成还是因为尿急吗？

04

韩殊大概很是瞧不上我，跟我说过两句话就开始径自闭目养神。如果是孙婵在这里，他们估计就商量对策去了。

不论是自愿还是被迫，我自小就是个十分讲究的女子。这间牢房潮湿闷热，只有些发霉的稻草给我们垫在身下，我觉得身上痒兮兮的，怎么也睡不着。

韩殊倒是睡得挺香，引得我非常敬佩。

只是很快我便发现，他并不是于危难中处之泰然，而是昏死了过去。

也对，任谁腿上插着一把匕首，流了那么多血，又不知被关了多久未曾进食，恐怕都是要昏上一昏的。

我跟系统商量了一下，说服它情况特殊，人命要紧，才得以不顾形象地用身子撞了好一会儿门，又嚎了两嗓子，引来人骂骂咧咧地打开锁走了进来。

我告诉他们，韩殊快死了，他要是死了，你们就得不到赎金，山头还得被剿干净。于是他们给韩殊简单粗暴地处理了下伤腿，又给他灌了半碗薄粥。

韩殊醒了，身子靠在墙边，眼睛斜睨着我："你哆嗦什么？"

"我肩膀疼。"刚才撞门撞的，"而且我害怕。"

他笑了："娇气包。"

他说我是娇气包。

老直男了。

我把屁股挪到比较干净的稻草上去，扭过头不搭理他。

夜深了，韩殊的情况不太好。

"你爹和皇上什么时候来救我们？"我忽然想起来，"哦还有我爹。"

"怎么？"他缓慢地眨了下眼睛，"害怕？"

废话。

我点头。

"怕丧命还是怕丢了贞洁？"他悠悠道。

我看着他腿上的匕首："怕拖久了你的腿就废了，到时候你就上不了战场了。"

他看着我，瞳仁里好像有什么情绪一闪而过。

被山匪绑票的第二天，有妇人来给我们送饭。

饭多难吃就不多提了，那妇人倒是十分和气，而且十分喜欢唠嗑。

第一次见面的时候，她笑眯眯地摸着我的脸，嘴里嘟囔着城里姑娘的皮肤就是好，细皮嫩肉活像剥了壳的鸡蛋。

那时我以为她心理扭曲，想拿刀划花我的脸，结果她没有。

我转了转眼珠，告诉她我腰间荷包里有香体膏和胭脂，涂了它你就是山寨里最靓的那枝花。

她拿了回去，没多久就喜不自禁地告诉我，大当家夸她是个漂亮的婆娘，想跟她再生个胖儿子。

我问她，想不想让你们的儿子平安长大？

她寒了脸。

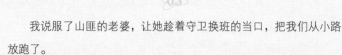

05

我说服了山匪的老婆，让她趁着守卫换班的当口，把我们从小路放跑了。

丫鬟一脸佩服地望着我。说实话，我也没有想到我竟然这么聪明。

其实绑匪们原是淮南一带以耕种为生的农民，世世代代老实本分，会走到现在这一步，也实在是被逼急了。

洪水淹没了田地家园，淹死了许许多多的人，他们一路颠沛流离来到京城，却被当作瘟疫哄赶出去，每日只得一口掺了沙石的薄粥果腹。灾民们饿红了眼，聚集到城门口要强行涌入，他们的小儿子便是在那时被看门的守卫刺死的。

韩殊听到这里，眉头紧蹙。

山匪的老婆说，他们知道，即使拿到赎金也是死路一条，可横竖都是死，总要让你们京中的权贵也尝一尝丧子的滋味才好。

言下之意，是他们要撕票。

我脖子一寒，连忙指着韩殊道："他是大将军，文韬武略，爱民如子，将无数蠕蠕赶出了我们的疆土。他还是隋远王的儿子，他定会替你们向圣上秉明真相，清查污吏，还你们一个公道。"

韩殊深深看我一眼，点了点头。

山路坎坷，尤其还是在夜里。韩殊发了高烧，腿又伤着，行走不便，只得由我和丫鬟一左一右搀着。看得出他竭力不想拖累我们，嘴唇咬得发白。

我们拖着他走了不知多久，总算在山脚下看到了一间荒庙，树影幢幢下瞧着还怪阴森的。顾不得那么多，韩殊眼见着就要撑不住了，

我咬牙将他扶进去，对丫鬟说，让她一个人跑快些回府里向我爹娘通报，记得将我承诺给山匪媳妇的话带到，不可让官府滥杀人命。

丫鬟眼眶红红地瞧着我，有些犹豫。

我知她害怕，也知她担心我，便轻声为她打气："你加油，你家小姐能不能活下来就靠你了。待这件事过了，我一定为你寻个好婆家，给你最丰厚的嫁妆。"

她嗔怪地瞪我一眼，跑了。

韩殊已是进的气没有出的气多的状态，仍不忘哑着声音揶揄我："留下来陪我一个残废，不怕被那些山匪逮到一起杀了吗？"

我一屁股坐到他旁边，脱力道："没办法，我是一步也走不动了。"

系统给我发来"崩人设"警告，我一哆嗦，不情愿地改口："当然了，奴家也是放心不下将军一个人留在这里，万一有个什么闪失，奴家……"

我作势抹了抹眼角。

他嘴角抽搐了一下，挑了挑眉，仿佛在说你开心就好。

我实在是太紧张了，周遭稍有响动心里便是一突，简直到了草木皆兵的地步。荒庙里又鬼气森森，不知不觉地，我便靠在了我身边唯一一个活物的身上。

他还怪暖和的。

我心知他嫌弃我，是以享受了片刻就打算偷偷把身子挪开，一抬脸却发现他的视线正静静落在我脚上。

我循着他的目光看去，才发觉绣花鞋不知何时跑掉了一只，整只脚丫脏兮兮的，秀美的足背磨破了好几处。

借着月光，这家伙盯着我的脚不知看了多久。

　　我其实无所谓，可是系统说，按规矩女子的脚只有自己的夫婿才能看，是以我只能悻悻地蜷了蜷脚趾，缩腿把脚藏进裙子里。

06

　　韩殊还算是个有良心的人，知道我怕冷，被我靠着睡了一夜也没说什么。第二日清早，我听见庙外马蹄声阵阵，起初还有些发慌，直到我瞧见我老爹脸上几乎快要溢出来的担忧和急切。

　　瞧见我还安好，他差点老泪纵横，又生生憋了回去，慌忙前去关心一旁的韩殊。

　　韩殊对我爹很客气，被他搀起来时还颔首道了句谢。

　　我们总算获救了。

　　坐进马车里，想到马上就能见到娘亲，我禁不住眼泪汪汪。

　　韩殊倚在一旁，轻斥一句："哭什么。"

　　我接过丫鬟递来的帕子抹着小泪："死里逃生，当然要哭一哭。"

　　他不作声了。

　　见到我如今的惨相，娘亲果然心疼坏了，将我搂在怀里好一通互诉衷肠，哭完我俩又拿着帕子给对方擦脸。我爹在一旁表情很是尴尬，韩殊则看得津津有味。

　　我回房洗漱完出来，韩殊还在，面前摆着一大桌子菜，丰盛得让我的眼泪差点掉下来。爹娘招呼我坐下吃菜，我饥肠辘辘，系统却连说三遍注意形象，不能在外人面前坏了家教。我憋屈地攥了攥拳头，只能小口小口地斯斯文文地吃。

韩殊瞧着我，不知怎么地，扑哧笑了一声。

因我从山贼窝里救了韩殊韩将军，也算有勇有谋，流水一般的谢礼和圣上的赏赐涌进我家，叫我大大出了一把风头。名声好了，前来求娶的好人家也多了，是以我娘也十分长脸，连皇后娘娘都道她教出了个义勇双全的好女儿。

而系统经过周密的计算，最终还是痛心疾首地发出"你一个弱女子怎么能自救呢？得让韩殊英雄救美才对，你看这下人家多没面子"的警告，电得我好几天没下来床。

端午击鞠那日，陆笙来同我道歉，并一脸复杂地看着我说，她以为我这般的女子被抓进山贼窝，怕是除了哭什么都做不了。

在系统的威逼下，我谦虚地把功劳全让给了韩殊。

陆笙颇有深意地瞧了我一眼，嘴里嘟囔着"原来是扮猪吃老虎"就走了。

于是我又被电了。

啊啊啊！我恨！

我的确没有孙婵那样的本事，那件事后来是她亲自带兵前去清剿了山匪，且未杀一人。除了真正犯下恶事的几人，其余山匪在韩殊的求情下，有些入他帐下当了兵，有些领了赈灾的粮钱回老家去了。

这场不分男女的击鞠赛，不出意外还是韩殊和孙婵这一队赢了，二人马技精湛，配合无间。

我安慰落败的二哥："没事，第二名也很好啊。等来年他俩不参加了，你就是第一名了。"

二哥焦躁地挠挠脖子，望着马背上的那一抹红影："为什么她就是不肯和我……唉，你随我去遛马吧。"

07

我不想去，但是二哥硬要拉着我去，结果刚到跑马场上他便抛下我，一溜烟追孙婵去了。

哎，我都劝过他许多回了，孙婵是不会喜欢他的。有韩殊这么一颗明珠在侧，孙婵怎么可能瞧得上他呢。

说到明珠，明珠就来了。

韩殊骑着一匹高大的黑色骏马，优雅地朝我徐徐踱来。他眉目疏朗，瞧着比过去和气许多。

我正犹豫着要不要主动跟他打招呼，他忽然弯腰将我一捞，我眼前一花，待我反应过来，我已然坐在了他的马上。

韩殊夹了夹马腹，催动马儿在旷野上奔跑起来。耳畔风声呼呼作响，纵然有男人的手臂牢牢揽在我腰间，我也吓得不行。

他分明察觉到我的惊恐，定然是故意让马跑这么快。这马又生得过于高大，我害怕掉下去，回身搂住他的脖子。

这当真是我十七年来头一次同男人这般亲密，离得太近了，我听见他胸膛里发出闷闷的笑声，震动着我的耳膜。

我心中生气，可有系统在一旁虎视眈眈，我又不敢说什么难听的话来骂他。瞧见他额头和脖颈里有汗，我顺应系统的指令，拿手里攥着的丝帕替他擦了擦。

他垂头望着我，眸子里像蕴藏着万千星辰。

我鼻子都气酸了，憋屈万分地看着他。

马儿猝然越过一个小土丘，我因着惯性撞进他怀里，嘴唇擦过他的嘴唇。这原该是个十分浪漫的戏码，可我三魂七魄都快吓出来了，以至于下马时仍然紧紧巴着他不放。

他拍了拍我的肩膀，四周传来人群的笑声。我回过神来，连忙松开他的脖子，逃也似的跑了，并发誓再也不要见到他。

08

娘亲为我物色了几个不错的人家，让丫鬟举着画像让我择夫婿。

我点点头："这个可以。"

吃了颗娘亲喂来的葡萄："这个不错。"

"这个也很好。"

"女儿啊……"娘亲直叹气，"总不好都嫁了吧。你可曾想过自己心悦什么样的男子？"

我想了想，觉得自己实在没有什么可要求的："相貌过得去些，待我和气些就行了。"

娘亲一脸无奈。

只是我万万没料到我的魅力竟如此之大，连隋远王也差人送来了聘礼，且还声势不小，琳琅满目地堆了一屋子。

据说离他的发妻仙逝已有许久了，因着二人鹣鲽情深，隋远王数年都无续弦的打算。难道是上回来我府中送谢礼时见我甚是美貌，加之又救了他的儿子，于是乎便对我一见钟情了？

韩殊也随着聘礼一同来了，他许是心情不是很好，面色发暗，瞧着我皮笑肉不笑地道："我听你娘说了，你倒是不挑，个个都想嫁。"

以隋远王的滔天权势，我爹这个小官无论如何是得罪不起的。

我虽有些嫌他老，但总不好表现出来，是以只能捏着帕子掩口稳了稳情绪，接着扭头对韩殊和善道："你也莫要生气，以后我成了你小妈，会好好疼你的。"

若说嫁了韩殊他爹能有什么值得高兴的，无非就是能在口头上占一占他的便宜。

韩殊用力闭了闭眼："你刚刚说什么？"

我其实也有几分羞涩："一开始你不习惯叫也……"

几日不见罢了，韩殊欺负人的本事见长，竟然敢在光天化日之下将我抱在怀里，还低头狠狠啄了一口我的唇。

我被亲得脑袋都蒙了。

"我想了你这么久，心神摇曳了这么久，你一点感觉都没有是不是？"他紧紧搂着我，咬牙切齿道。

我：？

系统表示它老怀欣慰，可以光荣身退了。

十七年了，老娘终得以逃脱魔爪！我禁不住泪光闪烁。

韩殊瞧见我哭了，表情一瞬间柔和下来，有些无措似的用手指替我擦拭着眼角，温声道："罢了，你别哭，我不逼你就是了……"

此刻望着这个帮我解脱的人，我竟觉得他顺眼了许多。

"你搂得我的腰好痛……"我气弱道，眼泪流得更欢了。

没办法，装软妹装习惯了……

他将手改放在我后背上，微微使力将我拥进他怀里，叹气道："对不起。"

也罢，嫁给他也好，总比嫁给他爹强些，就是遗憾不能听他喊我小妈了。

"路影影面前坐的不只是个单纯的帅哥，还是她的第三个聚宝盆！"

我只是想赚钱罢了

文/鲸酱

我只是想赚钱罢了

文 鲸酱

十月的海市，天气渐渐转凉，从S大的宿舍外一眼望去，就能看到阳台上晒得满满的各式秋冬装和学生们压箱底的厚被子。

秦蓓贝和王珍正窝在宿舍里一边追剧一边聊天，王珍趴在床上问秦蓓贝："欸，那位去哪儿了你知道吗？"

秦蓓贝知道她说的是谁，挪了挪身子："不知道，人家现在可是网红了，和我们这些老老实实上课的学生可不一样。"

王珍继续说："蓓蓓，我听别人说，她最近在给我们学校好看的妹子拍视频，然后还给她们介绍广告资源，她从中抽了好多钱。"

王珍看着靠窗台的那张桌子，她记得刚开学的时候，桌子上只放了一支护手霜、一管芦荟胶和一个鱼缸。现在

呢，三层小收纳柜塞满了口红和香水，旁边整整齐齐地摆着两排金罐罐和紫罐罐的化妆品，K家的一瓶化妆水比她桌上所有的化妆品加在一起都贵。哦，鱼缸还在，那一尾小金鱼放在K家的金罐罐旁边看起来也变得高贵冷艳了。当网红应该很赚钱吧，她觉得自己长得也不差啊，她也想像路影影一样。

秦蓓贝听了她的话，剧也不想看了。

"她怎么连同学的钱都赚啊？珍珍，这种网红就像一阵儿风一样，靠自己的本事才是长久之道，靠脸的最后都会靠男人，我们可别学她。"

路影影这时正站在自己的宿舍门外整理衣服，她把头发都拨到肩后，思考了一下，还把包里的墨镜拿出来卡在头上，转开门把手，甩开长腿走了进去。

王珍看到路影影推门进来，她们寝室在四楼尽头，每到下午阳光就特别好，这时候进来的路影影就顶着这光。她穿了一件V领的嫩绿色短款毛衣，高腰牛仔裤把臀部姣美的曲线完美展现了出来，骑士靴到小腿肚，一头蓬松的栗色长卷发披在肩上，窄窄的心字形小脸肤白唇红，像吉卜赛的玫瑰又像法国街头的女郎，看似很随性但又一种精致藏在里面，既娇俏明丽又有一种野性生长的感觉，简而言之就是好看到不敢惹。

王珍有点疑惑，那个一个月前还穿着一身白色运动服，洗得都发白了也不扔的路影影真的存在过吗？她对着笑盈盈的路影影心里直发酸，感觉连假笑都扯不出来了。

路影影径直走到自己的桌子前，脸上的笑容越来越大。能不开心吗？她脑袋里的系统告诉她，就这么在她两个室友面前晃一下，她就

收入了两千块。要不是她们只有两个人基数太小，她恨不得每天都和她们待在一起。

一个月前还是个穷人的路影影，在打工的时候突然被一个叫"不装会穷"的系统砸中，从此过上装就有钱拿的小日子。

系统的收益按羡慕嫉妒恨的程度分为三挡：引起羡慕可收到一百到一千；引起嫉妒是一千到一万；引起恨就是一万到十万。不过"恨"这个成就她倒是从来没达成过。

刚开始的时候，路影影没有理解系统的真正魅力，天天逮着她两个室友薅羊毛，现在她才深感自己之前目光短浅，网络才是她真正要征服的星辰大海！

只要她每天去买买东西拍拍照片拍拍视频，再在言语中状似无意地拉踩一些奢侈品的牌子，表现出一副十指不沾阳春水的人间富贵花的样子，就可以轻松实现日收入破六位数的水平。这个数字还只是她粉丝数只有一百万的情况下，难怪大家都说"当网红赚钱"，大家说得对！

路影影坐下后，笑眯眯地把从瑞朵酒店带回的下午茶茶点分给王珍和秦蓓贝。

"给你们带了点吃的，刚才去瑞朵见了一个男模，才十八岁就有一米九了，好乖好帅的感觉。"

话音未落，路影影就听到系统响起：叮，到账五千元。

路影影在心里满意地点了点头。不错，女强人这个人设值得深挖，

买下午茶的钱也超期赚回了，她太喜欢和室友分享生活了。

秦蓓贝是不想要的，谁要吃路影影吃剩的东西！但她又看到了打包盒上金色华丽的Logo，嘬着嘴接过了。

"那个小男生嘴也很甜，一口一个姐姐地叫。据说篮球打得也好，现在网上这种小奶狗风格的男生很吃香的。"虽然其实是一个人去瑞朵酒店顶楼吃吃喝喝，但路影影还是面不改色心不跳地努力装着。

"打篮球的男生啊，小影可能见得太少了。我表哥是咱们学校篮球队的队长，那才是真正的帅，成绩还好，现在还自己创业开公司了。"秦蓓贝得意地和路影影炫耀，从小她就特别崇拜自己的表哥。

王珍好奇地问："你表哥谁啊？我怎么从没听你说过？"

秦蓓贝撇撇嘴，还不是怕你们知道了想扒上我表哥："我表哥就是大三软件工程的陈琰啊。"她说完后努力控制自己不要露出太得意的表情，眼睛却一直往路影影脸上飘。

"啊啊啊！陈琰是你表哥！蓓蓓你怎么从没说过？"

路影影有点蒙地看着王珍咻地一下从座位上弹到了秦蓓贝的床上，还神情狂热地掐着秦蓓贝的肩膀。

"我低调嘛。之前新生入学的时候，都是陈琰表哥陪我一起的。"秦蓓贝不无得意地说。

"蓓蓓，蓓蓓，微信微信微信！"一旁的王珍还在磨她。

"陈琰是谁？"路影影有点在状况外，她的两个聚宝盆看起来对这个人都非常在意。

"陈琰是我们学校最优秀最帅的学长，你没听说过？"王珍显得无比激动。

"没有。"路影影一入学就一直在打工赚钱，对学校的事情都没怎么参与。

"你肯定没有看过鲸鲸酱做的他打篮球的那个剪辑视频吧？尤其是那个角度在篮球架下的视频，他运着球向你奔来，我死在那个镜头里了。他是当代'撕漫男'，个子高身材好，帅就不必说了，脑子也好，年年都是软件工程系的第一名。听说最近还自己创业赚钱了，他可是在我们学校有粉丝团的人。"王珍连炮似珠地对着路影影一通输出。

路影影听到了关键词。

"粉丝团？你也加入了他的粉丝团？"

王珍垂下眼睛说："……没有，粉丝团很难进的。"

路影影不置可否地点点头："喜欢他的人很多吗？"

王珍抬眸："当然啊！你真的是什么都不知道！"

路影影看着王珍快喷出火焰的双眼，她又嗅到了金钱的味道。既然这么多人喜欢陈琰，要是这个陈琰可以和自己当众秀秀恩爱什么的，她是不是分分钟就实现财务自由了？

03

虽然路影影现在已经是个小富婆了，但为财所迷是她的底色，所以一有了想法，她马上就去体育馆抓人。她体育课选的是健美操，所以从来没去过篮球馆，但路影影还是知道 S 大的篮球队特别厉害的，好像蝉联了两三次全国大学生男篮比赛的冠军。

路影影走进篮球馆，没有引起什么人注意，因为即使是平时训练的时候，坐在看台上的女生也不少。路影影翻上看台，找了一个位置坐下，先观察一下敌情再说。

篮球场现在是两队男生在训练，都穿着黑色金边的篮球服，男生们人均一米八五，奔跑间，宽松的篮球服下线条优美的肌肉若隐若现。有的男生汗滴到眼睛里了，把衣服拽起来擦汗，精瘦的腰和六块腹肌就露出来了，看得路影影有点脸红。

"同学，这里面哪个是陈琰啊？"路影影和旁边的女生搭讪。

"琰哥不在，你是来看他的？"被她搭讪的鹅蛋脸女生回答，"学妹你一定不经常来吧，陈琰只有在比赛前几天才会来这里训练。"看着路影影有点被打击到的神情，鹅蛋脸扑哧一笑，"看起来又是一个慕名而来的小学妹，你一会儿可以问问那个穿 23 号球衣的男生，他叫高如飞。"

鹅蛋脸学姐俯身到路影影耳边轻轻说："陈琰的室友，有渠道。"

路影影转过脸，眼睛晶晶亮的朝鹅蛋脸学姐点头："谢谢学姐了！"

鹅蛋脸学姐终于克制不住自己的手，捏了下路影影的脸，她的皮肤看起来好嫩："小事儿，谁不喜欢好看的学妹呢？"

路影影听到系统：叮，两百块。

和鹅蛋脸学姐看了两个小时的训练，路影影知道了她叫金雪莹，算篮球队编外宣传组组长，还是那条血洗 S 大女生朋友圈的陈琰运球视频的创作者，鲸鲸酱。

"你才大一啊？那条视频的持续影响力真广，其实每个队员的视频我都做了，我可没有厚此薄彼啊，但只有琰哥那条火得不行。"

路影影对着金雪莹拼命点头："真的拍得太好了！剪得也太好了！"

她在心里记下，回去一定要看一下那个视频补补课。

"小影是不是想和琰哥发展发展？哈哈哈哈，我一看你就知道了，学姐帮你牵线啊。陈琰这个人虽然脸臭嘴硬但人真的不错，我作为他的朋友真的不忍看他就这么一直单身……高如飞他们结束训练了，走走走，我带你过去。"

在热心学姐金雪莹和热心室友高如飞的帮助下，路影影顺利拿到了陈琰的课表。高如飞还在金雪莹的监督下向路影影表示，会密切监视陈琰并汇报他的行踪给她。

路影影从篮球场出来的时候天已经黑了，她欢快地骑着车从学校东门出去，熟练地钻过几条小巷，来到她最爱的牛肉砂锅小摊前。

得到系统之后，为了装，她确实吃了很多很贵的餐厅，但她最心心念念的那一口还是学校后面的牛肉粉丝。点好她最爱的豪华版牛筋牛腩粉丝砂锅后，路影影一边等一边点开让陈琰一举成名的十五秒视频。

一阵悠扬的音乐后，开场就是一个三分球，漂亮的弧线，球"咚"地进框，吹哨声欢呼声响成一片。一个男生甩了下头发上的汗珠，抬起头，一眼万年，路影影感觉看清了那人的脸又没看清，但就是觉得那人很帅，击中了她沉寂的心。下面一段是他个人的扣篮踩点快剪，"砰！砰！砰！"，少女的心也被暴扣了。视频最后就是第一女友视角的直拍，陈琰从远处闪过几个对手的拦截，然后冲着你奔来。她狠狠拍了一下大腿，情不自禁地感叹道："好帅！再来'亿'遍！"

"让一让，牛肉砂锅好了！"

"好嘞，谢谢老板！"

　　路影影恋恋不舍地放下手机，关屏后还摸了摸。刚才她太沉浸于陈琰的颜值，此时才发现自己对面不知道什么时候坐了一个穿黑衬衫戴棒球帽的帅哥。帅哥一脸似笑非笑地看着她，看到她抬头，他不自然地摸了摸鼻子避开了她的视线。

　　路影影瞬间僵硬了，这个鼻子，这个扭头间完美的下颌线，这个眼睛，怎么和刚刚视频里的人那么像！

　　这些天陈琰在帮一个网络公司搭建他们的消费者交互平台，刚回学校，出门解决一下晚饭。谁知餐厅生意火爆只能拼桌，刚坐下就注意到对面的女孩子在看他的视频。怎么金雪莹两年前拍的视频还在流传？不过看到女孩子看到他瞬间爆红的脸，陈琰有点想笑。

　　路影影飞快地回忆了一下，她刚才没有做什么奇怪的动作，发出什么奇怪的声音吧？应该只是一直捧着脸吧？

　　现实里看到的美男好像比视频里还要帅，剑眉星目，面如冠玉，鼻子又挺又高，宽肩窄腰。他穿了一件普通的黑衬衫，扣子扣到最上面一颗。要是普通男生这么扣扣子肯定会显得笨拙土气，但陈琰的脖子长身材好，他这么穿就有一种王者收敛锋芒、猛虎潜藏深山的感觉，让人有想一颗颗解开他扣子一探究竟的冲动。砂锅店的桌子很矮，他的坐姿看似松散但背脊挺直，也衬得陈琰身姿挺拔，连搭在桌上的手指都那么修长好看。

　　"咳，学妹快吃吧，粉丝要坨了。"他不是没被人看过，但这个女生看他，他突然有种慌兮兮的感觉。

　　路影影条件反射地说好，乖乖拿起筷子，把粉丝搅开准备开动，心里却在想，他的声音好有磁性啊。

陈琰感觉路影影的目光移开了，吊着的一口气舒出来了。

一时安静。

"我叫陈琰，你叫什么名字？"

他突然出声，看着面前正吃着粉丝的女孩。从他的角度，只能看到女孩小扇子一样浓密的睫毛，尖尖的下巴，红艳艳的小嘴被滚烫的食物烫得更红了。头发浓密得连发缝都看不见，还有点卷，像头小狮子。

路影影吃了几口东西也定下了神，没什么好慌的嘛，想要吊上人家迟早要见面的，突然相遇还省去了很多步骤不是吗？一通心里建设完听到陈琰问她名字，她绽放出最动人的笑容回答："我叫路影影，大一动画制作的。"然后眼睛一眨一眨地看着陈琰。

陈琰发现她的眼睛也很好看，特别澄静明亮，笑起来里面像有星星在闪，她一笑自己也很想跟着她一起笑。

叮，入账两百。叮，入账五百。系统突然提醒路影影，她环顾了一下周围，果然发现两个朝这边看，还没来得及收回视线的女生。

突如其来的提示音让她被荷尔蒙冲昏的头脑回过神，同个框就这么赚钱吗？路影影掐了一下自己，切不可为色所迷忘了大事。她面前坐的不只是个单纯的帅哥，还是她的第三个聚宝盆！

"陈琰，可以加你微信吗？我有一个……生意想找你谈。"

在停顿的一秒里，路影影的脑子里飞过很多借口——我有一个问题想问你。我有一个调研需要采访一百个学生。呜呜，其实我有一个女朋友想送你。但最后她也不知道怎么脱口而出了生意二字。

显然陈琰也被她弄得一愣，但打开二维码的手上动作没有减速。滴，二人就加上好友了。

她尝试着再发出邀请："那我们明天再约一下，谈谈……生意？"

陈琰看着她，突然笑了一下，露出白花花的牙，答应她："好啊。"

她突然觉得他此刻笑得坏坏的。

04

吃完粉丝，带着满足的胃和心情，路影影哼唧哼哧地骑车回寝室楼，一步一跳地上了楼。

回到寝室，她的室友都不在。她有点遗憾，她还想分享生活来着。于是她坐到窗边，开始编辑微博。瑞朵酒店顶楼的风景，完美的下午茶茶点，甜美的自拍，要把自己的项链、戒指和某名牌包包不经意露出来。路影影还把下午在篮球馆拍的男生打篮球的照片也加了上去，展示自己丰富多彩的校园生活。最后一张照片，她加上去又撤掉，想了又想，内心和自己拉扯了无数个来回，最终按了发送键。

她看着"潜南影影"新出炉的九图微博，目光落到最后一张照片，是自己走之前偷拍的陈琰。他在低头喝汤，只露出了一个完美的后脑勺，但是看后脑勺都会觉得这是一个很帅的男生。路影影的微博粉丝一直很活跃，十分钟内点赞量瞬间就攀升到了四位数，评论区也格外热闹。

最后一张是谁？！影影谈恋爱了？

哇，S大的篮球馆，校友吗？

居然是S大的学霸啊，姐姐你看我可以吗？

有颜有钱有才华有男朋友，呜呜……

为什么只放一张后脑勺，为什么一张后脑勺我看了这么久？

　　路影影挑了几条有趣的评论回复了一下，在问陈琰是不是她男朋友的回复下面，她稍微犹豫了一下。"是"，删掉。"还不是"，又删掉。最后回复"你猜"。嗯，得体！路影影进系统查了一下记录，发现这么一小会儿就入账了小二十万，比她平常一条微博涨了好几倍。

　　她放下手机，突然感觉有点没事情做，又打开了手机。所谓温饱思淫欲，她决定奖励自己再看一遍陈琰的视频，见过真人之后再来一遍，感觉视频里的每一个画面都更缓慢清晰了。路影影回忆了一下自己今天在陈琰面前的表现，感觉有点太怂了，都没怎么敢看他。陈琰会不会觉得自己做作？不行，一定要建立一个高大的形象，她开始仔细思索了一下自己应该立一个什么样的人设，还有她到底要谈什么生意！

　　另一边的陈琰也回到了宿舍，把从小吃街打包的两份饭放到双手正在键盘上飞舞的室友们的桌旁。

　　"琰哥，今天有个长得巨好看巨得劲的小学妹来篮球队找你。"高如飞看陈琰一脸无动于衷，"真的特别好看，似乎还被你迷得不要不要的，我答应了她要帮她追你，到时候你给学妹点面子啊。"

　　陈琰只给了他一个威胁的眼神，高如飞有点胆怯，但想到学妹期待的目光，于是他打开路影影的朋友圈，找了她的照片给陈琰看。

　　"你看看，你先看看嘛。"

　　陈琰左右躲不过瞄了一眼，这不是路影影吗？他就这么接过高如飞的手机翻起了路影影的朋友圈。

　　"她怎么和你说的？说喜欢我？"

　　高如飞想了下，好像没说。

　　"对啊，喜欢你很久了，很想认识你一下。今天看到你不在，眼泪

都要掉下来了，你给她一个机会了解了解呗。"高如飞张嘴就来了。

陈琰轻轻笑了下，把手机还给高如飞。他想到路影影原来暗恋他很久了，嘴角越来越上扬，最后笑出了声。

晚上十点半，终于赶出路式商业帝国计划的路影影立刻发消息给陈琰：陈琰哥，明晚有时间吗？可以聊一下合作吗？

那边立刻就回了：好。

路影影看到消息提示，开心地抱着手机在床上做了十组踢腿运动。

第二天午饭刚过，路影影就开始打扮，陈琰说晚上会来寝室楼下接她。秦蓓贝和王珍看着她翻箱倒柜铺了一床的衣服，什么大牌都有，有的衣服压在箱底连标都没有剪。路影影还在一旁时不时感叹："我还有这件衣服？什么时候买的？"

王珍感觉自己不能在寝室待着了，要酸死了，拉着秦蓓贝走了。二人一出门就吐槽。

"她今天抽什么风？"

"怕是没钱了，要去见哪个有钱的老男人。"

路影影在结合了数个穿搭博主的意见后，选了一条白底金碎花的立领真丝连衣裙，外面搭了一个米色的廓形纯色西装，两边头发各取了一些，编了个法式辫子，用珍珠扣夹在上面。她的手滑过一排排亮闪闪的口红，她的唇色天生就粉粉嫩嫩的，涂一个透明唇蜜就够了。打扮完成，她站在试衣镜前欣赏了一下，好一个娇俏的美人，她都想对自己吹口哨了。又美又飒，可盐可甜，今晚可攻可守。

陈琰和她说五点半到，路影影提前了十分钟下楼，他已经在那儿了。

　　她对了一下车牌号，是辆大型的黑色 SUV。虽然她对车不了解，但也能感觉出来这车应该很贵。打开副驾驶的门，路影影滑了进去，和车身的低调颜色不同，车的内饰是火红的橙色。她关上车门，转头看他，陈琰穿了一件白色卫衣和牛仔外套，阳光帅气，目光灼灼地对她笑。她局促地往下拽了拽因为坐姿而提到大腿上的裙子，怎么感觉陈琰今天的目光很有侵略性。

　　二人很快开到了路影影选的餐厅，是家超贵的本地私房菜。这是路影影为了重建她高大的形象，展示她的财力忍痛割肉定的。这里一个拍黄瓜就要三位数，而且也不能单点，要点就只能点一套，从前菜到甜品十几道那种，吃的是艺术。路影影带着陈琰进去，和服务员报了预订信息后二人落座，不得不说贵的餐厅的环境和服务都是没得挑的。

　　坐在东道主的位置，背靠包厢内布置的假山，路影影找回了一些装的感觉。

　　"陈琰，我最近在做一个创业项目，是关于新媒体行业的资源置换与整合。项目是好项目，但可惜缺少曝光。我也知道你们篮球队在大学生群体里的知名度很高，这也是我们项目要开拓的群体，你看可以合作一下吗？"路影影先在心里夸了一下自己，这么长的词都顺下来了，抑扬顿挫富有感情。

　　陈琰倒是真没想过路影影要和他说这个，他对今天的想象是路影影可能要和他袒露心声，所以他要在路影影表白之前先表白，这种事不能让女孩子开口。

　　没想到，路影影是真的一脸认真地要和他谈合作，他的内心有点

崩塌。

"新媒体的资源整合与置换具体指什么？合作形式又是什么？"

路影影马上冷静接到："简单来说就是培养校园网红，给他们接广告。关于合作，我的想法是，我们给你们球队出比赛服装、水和饮料什么的，你们要配合我们做一些宣传。"

陈琰盯着路影影的眼睛，斟酌了一下语气，他不想打击未来女朋友的积极性："我认识很多做新媒体行业的朋友，大家看似热闹但赚不到很多钱。而且赞助球队蛮耗钱的，我觉得收益不大。如果你真的想创业，我可以介绍一些新媒体的人给你。"

路影影心里同意陈琰的说法，她靠做网红没赚什么钱，相反为了维持这个形象她投入了大量资金，但她是有金手指的人！

"我做过很长时间的市场定位与调查，我们目标要培养的网红绝对赚钱。"路影影装作极有底气的样子。

"什么定位？"陈琰问。

路影影慢慢倒了一杯茶，优雅地喝掉，一副世外高人不可言说的样子，悠悠地吐出："校园运动少年和校园女神。"

陈琰有扶额的冲动，行吧，女朋友看起来不太聪明的样子，他多赚点钱养她就是了："好吧，这么想做就做吧，我肯定支持你。"

路影影讨好式地给陈琰倒了杯茶，陈琰一口喝掉，眼神示意路影影再倒一杯。

"我给你看看我的商业计划书吧。"

路影影从包里掏出计划书给他，封面上"LC"的 Logo 占了一半的版面，设计巧妙，展现出路影影动画设计系第一名的功力。

"L……C……公司叫鹿橙啊？"陈琰露出难以抑制的微笑，一脸深意地看着耳朵已经红红的路影影。

路影影装作听不出他在说什么："对啊，我觉得这个名字很好听，很年轻，一听就是能上市的公司。"她一脸正气地解释。

陈琰点点头附和道："确实好听，刚好是我们的姓氏组合。"

被他这么直白地说出来路影影有点尴尬："是吗？我都没发现呢。"

陈琰超级想亲亲路影影红得像兔子的耳朵，他克制了一下，只是伸出手拍了拍路影影的头。

还不是女朋友。

这顿饭的气氛突然从商务走向了粉红，路影影的眼神飘到哪道菜，陈琰的筷子就跟过去帮她夹到碗里，路影影吃每道菜之前都要拍照，陈琰就帮着打光调整碗碟的间距。

结账的时候，路影影心想，最后装的时刻终于来了，就听见她的头顶飘来一句："记我账上。"

服务员应到："好的，陈哥。"

接着，路影影就被陈琰拉走了。

"你经常来这家店？"路影影在路上问陈琰。

"也没有，不过我是他们家会员。"陈琰淡淡地回答。

路影影在心里想，这句得记下来，以后装得上。

到了寝室楼下，路影影和陈琰道别："你把篮球队之后的训练安排发我吧，我安排一下物料什么的。那我就走了。"

路影影一边说一边打开车门准备下车，试了两次没打开，被锁住了，她转身疑惑地看陈琰。

陈琰靠在椅背上，摸了摸鼻子："咳，你还有别的话要说吗？"

路影影想了想："之后会借你们篮球队的男生拍视频，可以吗？"

他慢慢地把路影影的手抓过来包到自己的手掌里，她的手真的好小好软，他妈说手软的女孩子招人疼，果然有道理，他就想好好疼她。

路影影愣住了，感觉有什么事情要发生。

陈琰开口："路影影，我可以做你男朋友吗？"

他本是信心满满，但路影影一直没说话，手里的小手还有往回缩的迹象，他不准，一发力直接把路影影的手放到他腿上压住。

难道路影影这么快就变心不喜欢他了吗？他感觉路影影慢慢地一点点把手抽了出来，陈琰的心也慢慢变凉了，车里的空气似乎都凝固了。

突然路影影凑到他耳边小声说："嗯，好啊。"她看着陈琰难得呆呆的表情，笑得特别开心。

陈琰体会到了什么叫一秒钟从天堂到地狱再到天堂，他看到路影影笑得像个偷到鱼的小猫，小狮子变小猫咪了。他伸手把路影影拉到怀里，娇娇软软的。他之前一直觉得他的人生是充实而独立的，现在才发现，他之前的人生是有缺憾的，他终于找到了丢失的另一半。

路影影被猝不及防地抱住，也不想推开。陈琰身上有一股干干净净的棉花香，让她觉得很安心很温暖。二人都没说话，汲取对方给予的温暖。但抱着抱着，某人就不老实了，陈琰想亲亲那一抹让他惦念了一晚上的红润润的小嘴唇，路影影娇笑着左闪右避，躲进他怀里不让他得逞。

"放我下去啦。"

陈琰感受着路影影埋在他怀里扒都扒不开的感觉，忍不住发笑，

打开车门："今天暂时放过你。"

路影影终于抬头，露出湿漉漉的眼睛，陈琰看准时机毫不犹豫地亲了下去。

"唔……"

路影影想骂他，声音却被他吞了进去，一时唇舌轻吮嬉戏在一起。

不知过了多久，路影影用最后一丝还清明的神智推开了陈琰，他们还在宿舍楼下呢，虽然车子停在了灯光昏暗处，但旁边随时可能有人经过。

陈琰也慢慢重新找回了神智，把路影影搂回怀里，她的味道比想象得还甜。

路影影拍了拍他的背："走了走了。"

陈琰没回应，又过了五分钟，二人终于下了车。陈琰牵着路影影的手，把她送回寝室，看她在楼道里消失不见才恋恋不舍地走。

路影影冲回宿舍，飞扑到床上，把烧红的脸埋在枕头里降温。事情怎么突然……这么顺利。会不会进展得太快了？但她完全没有办法拒绝他，呜呜。

另一边高如飞也在纳闷，今天陈琰难得又回宿舍了，但他怎么从回来开始就什么都不干一直摩挲着嘴皮子，嘴角还挂着笑。看着，看着，怎么格外荡漾？

05

"笃笃。"

路影影从枕头里抬起头，是秦蓓贝在敲她的床。

"你今天怎么和我表哥一起回来？"

秦蓓贝已经气炸了，她刚才去楼下拿外卖刚好看到陈琰送路影影回来，两人十指交扣，临别时居然还抱了一下。

"陈琰？我们刚刚一起吃饭他就送我回来了。"路影影感觉脑袋还有点缺氧，不想说太多话。

"骗人，那他为什么还抱你？"秦蓓贝看她这种态度，觉得一定是自己优秀单纯的表哥被路影影这种心机拜金女骗了。

"他让我做他女朋友，我同意了。"路影影冷淡地回答她，她被秦蓓贝这种大呼小叫的样子弄得有点火起，谁还不是个小公主咋的。

叮，入账一万。

叮，入账五万。

王珍惊叫："怎么可能？不可能的！"

路影影耸耸肩："昨天吃饭遇到的，今天又遇到了，就在一起了。他不是秦蓓贝的表哥吗？直接去问他吧。"解释完她就不再理会身后的声音。今天没精力赚钱，精力都被人吸走了。

今夜的女生寝室有人彻夜难眠，有人伤心想着少女的心事，还有人带着甜蜜的心情没心没肺地做了一个悠长的粉红色的梦。

早上九点的阳光透过窗帘爬上了床，路影影今天没有课，室友们也许因为昨晚的不愉快都不在寝室，是个难得自然醒的美好早晨。她闭着眼睛在枕头旁边摸啊摸，抓到了手机，一打开，弹出新晋男朋友的一大堆信息。看来她错过了昨天的睡前晚安和今天的甜蜜早安，想见他了。

我醒了，你在球场吗？

路影影在聊天窗口问，她记得高如飞说过，周一上午是他们的训练时间。

陈琰秒回：在的，你来找我吗？

嗯嗯。她回了一个可爱的表情。

路影影立刻掀开被子起床，从衣柜里选了一件姜黄色的短款卫衣，搭一条高腰的紧身牛仔裤，棕色高帮马丁靴，利落地扎了一个丸子头，用板夹把一些碎发夹得弯弯的，今天她是要征服球场的元气女孩。

陈琰在大二全国赛结束后就很少来球场了，虽然他还保留着队长的称号，但更多的重心转移到了搞事业上，不过这并不妨碍新选进来的大一大二的孩子们认识他。陈琰在全国赛一人狂斩五十分的表现，一战封神，很多男孩子进队都是受他影响。高如飞看着平时张牙舞爪像孔雀一样可以随时开屏的队员们，突然说话声音都小了，一个个乖乖和陈琰打招呼，还一脸崇拜地看陈琰的样子，不怒其不争都不行了。

陈琰和高如飞各带了一队进行对抗训练，这时，众人突然听到人群中传来了一些嗡嗡声。大约八九个穿着黑色制服的人搬着贴着"LC"的黑色大箱子走进来，两队人走到场中央时分开两边，露出一个穿黄卫衣的高挑美人，盈盈如出水芙蓉。

高如飞跑到陈琰旁边问："这不是学妹吗？"

路影影拍手示意黑衣人把箱子放在场地边上，一行人整齐划一地弯腰，把箱子放在身前，然后背手而立。路影影看着这一幕，玉白的小脸不露任何情绪，心里不住点头。这雇群演的钱花得值，看这排面，瞬间就撑起来了，多有气势嘿。

陈琰撇下众人，跑到路影影身边搂过她的肩，在她耳边低声问："宝贝，你这什么路数？"

她转身和他面对面，篮球服一穿什么都遮不住，那身材比她想象得还要优秀，她伸手戳了一下他肌肉遒劲的胳膊，没有太夸张是刚刚好的程度，加上刚运动完，他身上带一点薄汗，肌肉上看起来附上了层细腻的油光。路影影嫌弃地把汗擦回他身上，被陈琰抓住她的手。

"搞什么呢？"陈琰又问了一遍。

"不是说要赞助你们球队吗？一些运动饮料啊，水啊，快吃午饭了，我还让人送了水果三明治。"路影影眼睛晶晶亮地看着他，满脸写着厉害吧，快夸我。

陈琰有片刻僵硬，算了，她开心就好。

"弄这么隆重，还有钱吃饭吗？我转你。"

路影影没搭理他，她装可是赚钱的。她扭头示意黑衣人把箱子打开，露出里面罗列得满满当当的各类吃食饮料，大声招呼队员们来吃。当时整个球场从陈琰冲她跑过去的那一刻就陷入了诡异的沉默，但她一招呼，机灵的队员们马上就回应她："走啊走啊，大嫂来慰问了！"其他队员也马上反应过来，围上去分吃的，一人一句大嫂好谢谢大嫂，把路影影哄得笑得合不拢嘴。陈琰看着她笑靥如花的样子，也莫名变得很开心。

路影影已经收到一大堆入账的系统提醒了，她也没统计这一波具体赚了多少钱。她在观众席扫了几眼，发现坐在其中的很是惊讶的金雪莹，开心地招呼她："学姐，学姐，过来帮我拍照好不好？"

她拿起一瓶水给陈琰，和金雪莹沟通了一下她的拍摄需求："学姐，

我想要一张我给他送水，二人对视的照片。然后我想要画面一看就非常青春、校园、悸动、荷尔蒙的感觉，你懂吗？"

金雪莹比了个OK的手势，连拍了好多张，路影影欢快地去看照片。工具人金雪莹还没走出惊讶，她之前是很看好这个小学妹没错，但这速度也太快了，看琰哥那目光时刻跟随小学妹，满脸春风得意的样子，路影影厉害了。

大家补充完能量，又投入到了训练中，路影影就坐在场下等男朋友训练。金雪莹坐在她旁边，忍不住开始和她八卦之前有多少人看上陈琰都折戟而归，他这一谈恋爱，有多少少女心碎。路影影有点羞涩又带点小得意地说："还是缘分到了，也要谢谢学姐帮我。"

金雪莹接着说："我得让我们群里的人看看，到底是谁摘下了陈琰这朵高岭之花。现在大家都讨论疯了，对了，我可以把你们的合照发过去吗？"

路影影迫不及待地拼命点头："当然没问题！不够的话，让陈琰一会儿再来拍点。"又要收割一波金钱了。

金雪莹又帮路影影拍了一些绝美的单人照，比如坐在观众席撑着下巴远眺的，抱着篮球回眸的，笑着鼓掌的……金雪莹翻看着拍到的照片，好漂亮又青春有朝气的女孩，都是可以不修图就能直接发出去的水平。路影影长得太精致了，全脸无死角，怎样刁钻的角度拍得都那么美。

路影影对金雪莹也是超级满意，她好会抓角度，拍出的照片都很有感觉，真是越看越开心。

"学姐，你有没有意向做我公司的摄影师啊？我太喜欢你的技术

了。"路影影忍不住想招募人才。

"你们什么公司啊？"金雪莹问。

"现在主要的业务是拍我。"路影影停顿了一下，"以后会拓展一下业务，会找一点合适的学长学姐拍，培养一些新的校园网红……"

当很多年后，有人访问路影影当初是怎么走上创业之路，成功组建了全国最大的网络红人经纪公司时，路影影都会回忆起今天这一幕。

开始的时候是为了找一个男朋友，所以创立了一个公司，后来是为了给自己找一个专属摄影师，就给她画了一个饼，没想到成真了。

当然，以上是她的心里话，对外路影影一律回答："都是缘分，不必追。"

在事件当中的路影影并不知道这段对话的重要性，她和金雪莹约定好拍摄计划就和男朋友去甜甜蜜蜜了。

训练结束后，陈琰带着路影影去他校外租的房子里参观，两室一厅，现代简约风。他点好外卖，直接进浴室洗澡去了，运动半天身上都是汗。路影影则独自逛了他的卧室和书房，

等陈琰洗好澡出来，她已经把外卖都整理好摆在餐桌上，等他来吃。陈琰见状又去厨房拿了几个盘子把菜都倒进了盘子里，再把桌子上的一次性餐具换掉。

她皱眉："这样倒出来还要洗碗。"

他一句"我洗"堵了回来。

"好的。"路影影答得极为干脆，倒在盘子里的外卖好像确实比在打包盒里香一点。

饭后，他洗碗她擦桌子，路影影对着他穿着围裙在洗碗池里忙碌

的背影拍照。

陈琰没回头，冷静出声："别拍脸。"

她拍着胸脯保证："我的技术你放心！"

九图有了，她盘腿在沙发前的地毯坐下，打开"南潜影影"的微博，主图放他俩的同框照片没问题，再放一些她的单人美图，居家好男人洗碗的帅照……

陈琰洗完碗出来时，她还在和图片奋斗。

"下午有课吗？"陈琰拿了盒杞果坐到她旁边。

"今天一天都没有，明天全满。"

她努努嘴示意陈琰赏她一片杞果，他点头表示满意，喂了她一片最黄最大的。

"今天给球队买东西花了多少钱，还有钱吃饭吗？"

路影影有些心虚，色厉内荏地把自己的微博拿给他看："一百万粉丝了，小网红一枚。"

陈琰瞄了一眼，记下了她的微博号，也没再问她，直接微信转了一万过去。

"没钱要和我说。"

她敷衍点头。

陈琰下午也没有课，二人一起窝在客厅里，他和新客户沟通产品需求。

路影影刷着手机，突然发现自己这么一会儿涨了五十万粉，瞬间眼睛都瞪圆了。

怎么回事？她打开刚刚发的那条微博，评论区整整齐齐的"打卡

我前男友的现女友""我前夫在给别的女人洗碗""我哭了，我哭得好大声"。

……

这是被陈琰的粉丝占领高地了，她心里一乐，打开系统查了一下今天的收入，自觉已经不是当初那个拿到系统看到五千块就会高兴到跳脚的女孩了，但她还是倒吸了口凉气，个十百千万十万……百万！市中心一套大平层的首付稳了！

她高兴得忍不住跑到男朋友旁边大大地亲了口他的脸颊，又大力地弹回沙发上。

陈琰看着她那么开心，笑着问她："什么事这么开心？"

她一边笑一边抽空给了他一个睥睨众生的得意眼神："当网红赚钱了，请你吃晚饭，米其林一星二星三星，随你挑。"

陈琰凑过来逗她："赚了多少钱啊，富婆可以养我吗？"

路影影抱着手机警惕地瞥了他一眼："不能不能，地主家不养吃白饭的人哈。"

不等他反应，她伸手大力把他的头发拨乱，一把推走了。

热恋中的情侣做什么都觉得有趣，哪怕只是待着各忙各的，偶尔眼神交缠在一起都是甜蜜。

下午六点，小情侣出门解决晚饭，但从小吃街街头走到街尾，路影影还没有纠结出来吃哪家。

陈琰无所谓地耸耸肩："我去开车？到市中心挑？"

路影影已经饿了，不继续纠结了，带着陈琰就近拐进了学校附近的烤肉自助，就这个吧，什么都有。

"呦，还有人在拍视频呢！"路影影刚走进店里就看到了两个硕大的补光灯和一堆拍摄用的器械，她没有急着坐下拿东西吃，拉着陈琰看了会儿热闹。

这是在拍吃播，琳琅满目的烤肉甜点摆了一整张桌子，主播却没有看到，位子上空空如也。

于是陈琰挑了他们那桌后面的位置，以方便路影影旁观。当他们拿了一轮回来的时候，终于看到主播一手捂着胃一手捂着嘴，步履有些蹒跚地回来了。

那不是王珍吗？路影影惊讶地捂住嘴，他们刚好坐在王珍后面的拐角处，她看不到他们。

"李哥，我真的吃不下了，今天就这样吧。"王珍满脸痛苦地和一个坐在位置上穿冲锋衣的人恳求。

那位"李哥"看她的样子也有些发愁："不行啊，这些都要吃的，要不然视频不能剪，前面的都白拍了。这样，我给你下面放个垃圾桶，你装也要装着吃完。下次，下次我们放少点。"

王珍后悔极了，她一直眼馋路影影的成功，加入了一个自称可以一个月让她流量百万的网络孵化公司，她以为自己只要像路影影一样每天拍拍视频和照片就好了。

没想到公司安排她做吃播，这一顿饭她都吐了好几回了还没吃完。那种食物都顶到喉管，胃被撑到快要破裂的感觉太可怕，她一口都不想再吃了。

但迫于压力，王珍只能回到镜头前拿起叉子，一口肉塞到嘴里，眼泪都要掉出来了，真的吃不进去，她只想吐。

李哥焦躁得想骂人，看她这个样子今天是拍不了了，自己收了东西直接走人，留着王珍一个人趴在位置上哭。

路影影和她朝夕相处这么久，第一次看到王珍那么撕心裂肺地哭。小姑娘们都是骄傲自信的，偶尔私下里攀比但心都不坏，她也不忍看她这么惨，咬着筷子深深叹气。这时候她只能努力缩小身形隐藏自己，王珍一定最不愿意在这里看到她。

待王珍走后，陈琰才出声问："你认识她？"

她点头："还是室友呢。"

陈琰露出了然的表情，转而叮嘱她："你可不能做这种吃播，看到了吗？都是拿命赚钱。"

她抿起嘴巴提醒他："我能一样吗？我是可以养你的小富婆。"

陈琰拍了拍她的头宠溺地笑着说："这么说富婆准备考虑我了？"

她立马警醒地摆手拒绝："富婆喜欢自己奋斗的年轻小伙子。"

陈琰装作一副失望的样子："行吧，为了富婆的喜欢，我只有努力了。"

看到路影影终于被逗笑了，他也放下了心。吃好饭，两人牵着手在操场消食，明月皎皎，晚风吹来桂花香，让人心旷神怡。

走了两圈，路影影打算回去了，明天要交的大作业还没做。陈琰陪她走到寝室门口，从口袋里摸出一把钥匙放到路影影白嫩的手心里。

"我公寓的钥匙，随时来。"

路影影收好钥匙，微笑着点头："嗯！"随后踮起脚给他一个拥抱，"明天见！"

06

秋去春来，时间过得飞快，一年一度的中国大学生篮球联赛决赛今年在S大举行，场馆内人声鼎沸，学生们拿着各式手牌为自己的学校呐喊加油。

今年的现场布置和以前大不一样，不仅广告挡板全部换上了校级明星创业项目"鹿橙"公司的Logo和标语，还有新晋校园女神"关明月"在现场全程直播。

关女神穿上了橙白色的啦啦队队服，腰细腿长肤白貌美，带着啦啦队为S大的球队加油，将场内的气氛又推上了一波高潮。

路影影和陈琰坐在看台上，手里抱着大桶的妙脆角正在手机上看直播。

"明月学姐太厉害了，人那么好看亲和力又强，在镜头前可以讲三个小时依旧笑脸盈盈，声音都不带抖的。"

陈琰现在极有经验了，知道肯定不能接着她的话继续夸关明月，接着道："是你眼光好，发掘了她。"

路影影听到后开心地点点头："好像也是哦，我第一时间就签下了这个人才，还挖掘了她的直播天赋。"

说完和陈琰笑作一团。

有自身强横的实力打底再加上主场优势，S大球队势如破竹，不小心又一次蝉联了全国赛冠军。

赛后，路影影叫上了"鹿橙"大家族和冠军队伍合影，金雪莹架好相机，定好时间，飞速跑到给她留的空位上，一边飞奔一边喊："冠军是谁？"

众人："s大！"

"s大是什么？"

众人高呼："冠军！冠军！冠军！"

相机定格下众人恣意的笑脸，阳光灿烂，微风习习，正青春。

<END

RUHEYU

RUHEYUYIQUNMAL

如何 与一群玛丽苏 争奇斗艳

文 / 清秋桂子

RUHEYUYIQUNMAL
ZHENG
DOUYA

"站在台上的冯姆霎时间觉得，当初那些艳羡和希冀真的已经成了过去，回想起来竟不值一提。"

如何与一群玛丽苏争奇斗艳

/////// 文 ▶ 清秋桂子

VS

热衷脑补，止于动笔，提笔就废。

冯姗看着图书馆会议厅讲台上那个温文尔雅的人，他神态自如地对着台下几百号学生侃侃而谈，斯文儒雅，举手投足之间透着一种清俊的气质。他的声音很好听，如泠泠石上泉，洋洋盈耳，即使是讲解着枯燥无味的化学方程式，也让人觉得是一种视听享受。

林琮，Z大化学系教授，年轻有为，无论是外貌还是学识都首屈一指。他性情温和，人如其名，君子如玉，是妥妥的A级男神。林琮是被他们学校特地请过来做学术课题演讲的，即便是周末，前来听课的学生也挤满了图书馆会议厅。

冯姗的眼前出现了一系列关于这位教授的数据，根据分析，这位教授被同类女性吸引的可能性最高，他更青睐于学识渊博、独立自主的知性女性。

冯姵已经做好了准备，在他讲课结束后，快速大步迈向后台，问出她的问题："林教授您好，您的课非常精彩，我想请教您一下，您所说的碳原子合成，重新组合后的变化……"

提问过程中，冯姵表现得落落大方，提的问题是她精心准备的，很有水准，成功引起了林琮讨论的兴趣。

"你这个问题很有意思，但是我觉得可以这样猜想……这样吧，我给你留一个联系方式，等我课程结束后再和你仔细讨论。"林琮在被围上来的老师和学生们簇拥之前，匆匆写了一张便条给她。

"好的，林教授。"冯姵的脸上露出自然得体的微笑。

很好，联系方式要到了。冯姵率先抢到了先机，她眼前的数值显示，林琮对她的好感度从 0 升到了 5。

林琮很快被学校的老师叫走了，他接下来还有个研讨会。冯姵看着学生会的人在清理场地，其中有个女生穿着素净的碎花裙子，半梳着齐肩长发，白白净净的，她那张脸上蒙着一层"美颜效果"，虽然看起来没有多惊艳，不过很清秀，属于典型的邻家妹妹款。

冯姵的心里顿时敲起了警钟，她紧紧盯着那个女生，尽管她看起来和林琮完全挨不着边，也没有任何交流，可冯姵有种不好的预感。

事实证明，她的预感没错，那个女生搬桌子的时候不小心跌了一跤，林琮下意识去扶了她一把，两人有了肢体接触。女生在慌乱中向林琮道歉，只是短短几秒，他们的视线相交，林琮温和地说了一句什么，女生垂下头，露出洁白的脖颈，而林琮尚未挪开的目光正好落在那光洁的脖子上，他的眼中有一丝微微的悸动。

冯姵面无表情地开启了数据分析，林琮此时的心动值提升了 10%，

对他眼前女生的好感度上升至15。

分析那个女生的使用道具。冯姗下达指令。

指令接收成功。系统传来自动的机械音，五秒钟之后报出了答案：陈音涵，天文系大三，学生会成员，玛丽苏计划参与者。使用金手指：初恋之光。自身加持属性，性能比56%，冲击度61%，针对林琮的攻略成功率70%。

此时，那个女生已经低着头走开了，表面上看只是一次意外，林琮却忍不住往她离去的方向多看了一眼。

冯姗嗤笑一声，转身离开了图书馆会议厅。她打开手机，一个设计得五颜六色的APP上冒出了一条消息，是拔丝苹果的私信。

拔丝苹果：怎么样，姐妹，那个教授男神你接触上没有？

白驹过隙：接触上了，要到了联系方式。

拔丝苹果：开局不错，接下来再接再厉。

白驹过隙：没心情再接再厉了，又出现截和的，自身加持属性，成功率有70%。

拔丝苹果：才70%而已，怕什么！你跟那个女人正面比拼，你不是有系统吗？把她查个底朝天，就不信抓不到她的把柄。

白驹过隙：我倒是想，就怕赢不了。系统对于计划参与者的信息查询是有权限的，我查不了太多。上次我被一个攻略成功率只有64%的打得丢盔弃甲，我实在懒得争了，能不能攻略就看命，随缘吧。

拔丝苹果：别啊，好歹你有个这么高阶的金手指，不用起来多浪费。

白驹过隙：高阶是高阶，鸡肋也是真的鸡肋，我太菜了，玩不转。

冯姗退出了APP，回了宿舍就往床上躺。这几天她为了能在林琮面前提出一个吸引他注意的问题，特地翻来覆去找了好多资料。而且她不只是单纯为了吸引林琮注意，连林琮回复后，后续的问题讨论她都做了长远的计划。为此，她的脑细胞死了不少，结果还是被人给截和了。冯姗心累得实在不想动，她感觉在吸引男神这方面她压根就没有天赋。

冯姗不知道自己当初选择参加玛丽苏计划是不是个正确的决定。

冯姗是个小说人物，这一点她是在十六岁那年才被告知的。她本身，以及她周围所处的这个世界全部都是虚拟的小说世界，她只是小说世界中一个普通的路人。

虚拟小说世界的创造当局之所以要告诉她这个消息，是因为他们缺人了。玛丽苏文那一块儿现在有各种女主位置空缺，因此面向广大适龄女性角色进行招募。

哪个少女没在不谙世事的时候幻想过自己成为玛丽苏主角——出身豪门，美丽动人，众星捧月，要风得风要雨得雨——这简直就是少女们的终极梦想。正被自己是个小说人物的真相所震惊的冯姗听到这个消息后，瞬间激动起来，毫不犹豫地报了名。

报名后她得知，由于报名人数过多，当局决定采取开放式选拔。大概意思就是会给予每一位参与者特定的玛丽苏配置，然后参与者运用这些配置进行自由发展，发展成功则自动转为一名玛丽苏女主。

冯姗兴冲冲地以为自己要咸鱼翻身，跻身豪门，结果对方告诉她，初始配置的分配都采取抽卡模式。

身世背景设定卡，冯姗抽出的是最普遍的，保持原样不变。

自身条件设定卡，冯姗抽出的也是最普通的层次，只有滤镜加成，就是在原有的基础上进行美颜，比原来的样子变得更漂亮一点，并没有什么判若两人翻天覆地的变化。

冯姌原本挺满意自己美颜过后的样子，但当她知道有人抽中稀有卡，获得美若天仙亭亭玉立这种级别的加成，摇身一变就是大写的风华绝代后，冯姌牙都要酸掉了。

到了金手指卡，冯姌已经不抱希望了，结果她爆了个冷，出了高阶道具：综合数据分析系统。

这个系统功能很强大，不仅可以查询人物背景，还能分析出周围所有人的各方面数值，心情指数、好感度，甚至是运气值，五花八门应有尽有。冯姌在看完金手指介绍后，觉得自己简直捡到了一个宝。

不过，冯姌还是太天真，后来她才知道玛丽苏的世界竞争有多激烈。

VS

冯姌参加玛丽苏计划之后，最初的体验非常美好。人变漂亮了，再加上又有个金手指外挂，她很快在学校里变得受欢迎起来，差不多是人见人爱的那种。同学老师都很喜欢她，甚至有不少男生给她表白。

冯姌切身体会到这种玛丽苏光环的效果，简直不要太舒服。然而她一个表白对象都没答应，身为玛丽苏女主，普通的恋爱当然配不上她，她需要一个等级够高的恋爱对象。

大概是玛丽苏计划的剧情推动设置，他们班上很快转来一个新学生，乌黑的短发垂在额前，双眸如墨，五官端正，穿着一件纯白色的衬衫，整个人显得干净又美好，透露出少年人特有的青春气息。

对上那双清亮的眼睛，冯姌觉得自己的内心都被击中了，这就是恋爱的感觉吗？

她眼前的系统开始自动显示数据信息：**彭时知，家境良好，父母离婚，目前跟其父生活。家庭关系简单，亲情关系淡薄，缺乏关爱。在原学校与同学发生冲突后，被迫转学改造。个性孤僻高冷，学习能力强，成绩优异。男神等级 B 级，心情指数 28，好感度 -5，攻略成功率 57%。**

等等。冯姗在脑海里打断系统：我跟他素不相识的，怎么好感度跌到负数去了。

由于彭时知厌恶其父亲的做法，反感转学，所以他对这个学校的一切都没有好感，目前他对所有人的好感度都是负数。

说白了，这就是一个青春期叛逆的缺爱少年，攻略起来应该不难，冯姗信心满满。她盯着讲台上的少年，都开始幻想以后戴着一条围巾，坐在一起喝同一杯奶茶的画面了。雪花落在少年乌黑的头发上，她悄悄将它们拂去，一垂眼就看见他长长的睫毛。他的睫毛又密又长，像个洋娃娃一样。

讲台上的彭时知察觉到一道奇怪的目光，他扫视了一圈，就看见冯姗一脸想入非非地盯着他。彭时知一阵恶寒，这人有病吧。

"好了，彭时知你就坐那儿吧。"班主任介绍完他之后，给他指了一个方向，"你坐冯姗旁边。"

彭时知迎着班上男生羡慕嫉妒的目光，面无表情地走向那个空位，空位边上的女生还在一脸沉醉地盯着他。彭时知原本就不太好的心情变得更糟了，这学校的人是有多没见过世面。

好感度：-7。

系统的提示让冯娣一下子清醒过来，她发现少年的眉宇间充斥着不悦，这才反应过来，自己刚才盯着人家看，太忘乎所以了。

于是整堂课的时间，冯娣再也不敢多往彭时知那儿瞟一眼。

"你好，我叫冯娣。"下课后，冯娣友好地和这位新同桌打招呼，试图挽回跌落的好感度。

彭时知看都没看她一眼，起身离开桌子走了，徒留冯娣在原地尴尬。

果然有点难搞啊，冯娣心想，不过来日方长，她慢慢磨，就不信好感度升不上来。

◆03◆

冯娣开始在彭时知面前刷存在感，上课彭时知没带尺子，她就主动借尺子给他。下课分零食给彭时知吃，有事没事找他说说话，跟他介绍班里的情况。反正冯娣是变着法儿地找机会向彭时知献殷勤。

所谓伸手不打笑脸人，虽然彭时知觉得冯娣有点烦，但对她的好感度还是升了上来。

只是，冯娣花了一个多星期，才把好感度刷到13。她觉得这样太累了，彭时知跟她的关系也就是普通同学，照这速度，他们离敞开心扉还早得很，冯娣得想个办法先和他成为朋友。

彭时知这人在学校独来独往，谁也不理，不参加任何社团活动，也没有表露过什么明显的兴趣爱好。冯娣下手都找不到地方，她看着发下来的数学试卷思索着到底要怎样才能和彭时知成为朋友。

"娣娣，你又没考好啊。"她前座的女生转过来就看见冯娣数学卷子上鲜红刺眼的分数，"这次数学是有点难，我也勉强及格。"女生说着又看到了彭时知的卷子，"不会吧，彭时知你这么厉害，这种题都能考95，数学大佬啊。"

冯姗灵感一现，对了，彭时知不是成绩好吗，这就是一个切入点啊。放学后她拿了一大包零食找到彭时知："彭时知，找你帮个忙行不行？"

"不行。"彭时知目不斜视，绕开她就走。

"放心，就一点点小忙，不会耽误你太久的时间。"冯姗也不介意彭时知的态度，对付孤僻少年要的就是一个厚脸皮，"我数学不太好，想找你帮我补补课。为了报答你，你想吃什么零食跟我说，我都包了。"

"不行。"彭时知冷淡拒绝。

"真的不会占用你太久的时间，我就请教一下。你的数学成绩是班上第一，我找你取取经。"冯姗好声好气地哀求。

"我没那么闲，你要补习自己去上辅导班。"彭时知不为所动。

冯姗查了一下彭时知目前的各项指数，都在正常范围内。她垂下眼，抱着一大包零食停下脚步。

"好吧，那不好意思，打扰了。"语气要多可怜有多可怜。

彭时知见她孤零零地落在后面，一脸委屈，嘴角动了动，好半天才说："早餐。"

"什么？"冯姗不明所以。

"我说，不用零食，以后早餐都归你包了。"彭时知说完就走。

这是答应的意思了，冯姗在他身后露出一个狡黠的笑容。

共同学习，是最有效促进同学之间友谊的一种手段。冯姗的数学成绩用糟糕透顶来形容都算夸奖，彭时知有点后悔答应她了，他头疼地看着卷子上齐刷刷的错题，实在难以理解她的脑子是怎么长的。

他这么想着，也这么说了出来。

冯妗笑嘻嘻地虚心请教："所以这不是找您这位大神帮忙嘛。"

"算了，这道题我再给你讲最后一遍。"彭时知拿过卷子指着错题说。

冯妗看着彭时知认真讲题的侧脸，调出系统，查了一下好感度，现在已经升到 37 了。

彭时知讲着讲着发现冯妗的心情莫名其妙好了起来："你这么高兴干什么？"

"没什么，就是觉得这道题我听明白了，心里开心。"冯妗在草稿纸上写写画画，嘴角的笑意却是根本藏不住。

冯妗以为只要慢慢来，迟早有一天她能把彭时知的好感度刷满。

这天放学后，彭时知叫她去图书馆补习。彭时知扔了本数学题集给她，然后自己在一边写作业。过了不到十分钟，有个女生忽然出现在他们身边。

"哟，彭时知，你今天带朋友过来了啊。"女生梳着俏皮的马尾，看起来很飒爽。

"嗯，这是我同桌，找我帮忙补习。"彭时知和她熟稔地打了个招呼，"苗苹苹，上次那道化学题你解出来了吗？"

"全套解析过程，你要不要？"女生坐在了他身边，拿出一个练习本，得意扬扬地说。

"我也解出来了。"彭时知说,"要不要比一下谁的方法更好?"

"好啊。"女生欣然接受。

"我冒昧打扰一下二位。"冯姗举起拿笔的手,看向彭时知,"你不介绍一下?"

"这是六班的苗苹苹,年级化学小组的成员。"彭时知说。

"你什么时候参加了化学小组?"冯姗诧异地问。她天天在彭时知身边转悠,居然不知道他什么时候认识了这么个人,两人关系看起来很不错。能跟彭时知关系不错的女生,让冯姗不免心生警惕。

"他没参加,劝了他好久他都不参加。"苗苹苹说,"他化学成绩那么好,不参加可惜了。我们打了个赌,如果这次我超过了他,他就得参加我们年纪的化学小组。"

"谁输谁赢还不一定。"彭时知不慌不忙地摊开草稿纸。

"你输了可别哭。"苗苹苹也摊开草稿纸。

冯姗一时间觉得自己有点格格不入,她看着眼前的数学试卷,突然没什么心情写下去了。发了一会儿呆之后,冯姗调出了系统。

查一下苗苹苹的信息。

苗苹苹,玛丽苏计划参与人员。六班学习委员,班级排名第一,所有科目成绩都很好。自身条件设定:滤镜加成。身世背景设定:D级,父母双亡,寄人篱下,遭受婶婶的虐待和表兄的欺凌,生活艰难。金手指道具:逢考必过,附身加持属性,性能比42%,冲击度31%,针对彭时知的攻略成功率82%。

什么!冯姗差点叫出声。这么低的性能比为什么成功率这么高?!

苗苹苹在彭时知那里的好感度已经刷到了86,所以攻略成功率有这么高。

她到底干了什么，好感度能刷到这么高？

冯姗瞠目结舌，她每天绞尽脑汁才把好感度刷到37，而在她完全不知情的地方，居然有人能刷到86，这差不多算是已经攻略了彭时知了。

抱歉，由于权限设置，您无法查看其他玛丽苏计划参与者的具体实施过程。

系统拒绝了她的要求。

冯姗捏着笔愤愤不平，她辛辛苦苦在这儿刷好感度，谁知半路杀出个程咬金。

"我赢了。"苗苹苹在草稿纸上点了点，骄傲地说，"愿赌服输。"

彭时知的表情变幻莫测，冯姗看着他从难以置信到沉默不语再到无可奈何，最后竟然笑了出来。

"愿赌服输。"他说。

冯姗气得胃痛："彭时知，这道题我不会！"

"你小点儿声，这在自习室呢。"彭时知转过头对她示意，"这道题不是跟你讲过了吗？"

"没学会。"冯姗没好气地说。

◆◆05◆◆

"你先走吧，我和冯姗一起回宿舍。"分别时苗苹苹拉上了冯姗。

冯姗满是敌意地看着特地和她一块儿走的苗苹苹，脑海中已经开始设想她会如何趾高气扬地炫耀了。

"你是新人？"苗苹苹的态度倒是很友好。

"什么？"冯妠没听明白。

"玛丽苏计划，你也参加了吧。"苗评苹说道，"不用紧张，我是职业女主，这方面比你有经验。本来你是新人应该照顾你一下的，但是你出现得太晚了，彭时知的攻略进度我差不多要完成了，现在放弃的话处理起来会很麻烦，所以你还是重新再找一个攻略对象吧。"

"你是想跟我炫耀你已经搞定彭时知了吗？"冯妠冷冷地看着她。

"不，我是以过来人的身份给你个忠告，如果攻略对象的成功率过低的话，就赶紧放弃，寻找下一个。"苗苹苹的语气很平和，不像是尖酸讽刺的样子，"如果过于投入执着于某一个攻略对象的话，你很有可能会被归为配角。这个计划的选拔决定了不可能每个人都能成为主角，不合格者会自动归为配角，而配角会根据对剧情的贡献程度划分等级。既然你参加了这个计划拿了女主的配置，肯定不会想往下降。我能提醒你的就是这些，你自己多注意。"

冯妠看着她一副为自己好的样子，就是想发脾气也没有由头了。

苗苹苹临走前又嘱咐了一句：还有，我之所以攻略得这么快靠的是我的经验，失败几次没什么，多经历几回你就知道了。"

话是这么说，冯妠心里还是不痛快。她对彭时知是真的花了心思的，她认真考虑过和彭时知谈一场甜甜的恋爱，结果这恋爱还没个影子呢，就"胎死腹中"了。而且苗苹苹那种轻描淡写的语气让她很不舒服，就好像她多厉害似的。

忍一时越想越气，冯妠心想，不就是个化学小组吗？谁还不能进了。

冯妠数学差是差，好在化学还算正常，但也就是一般般的程度。

为了能挤进年级化学小组，她每天挑灯刷题，以至于其他科目的分数下降了不少，尤其是数学。彭时知看着她错得越来越多的数学卷子，眉头都要拧成麻花了。

"你到底有没有认真听讲？"

昏昏欲睡的冯姗被彭时知这一嗓子惊醒："啊？"

彭时知脸色沉了下来："你要是这个态度，也没必要补习了，你自己看着办吧。"说完他就把卷子放下来，自顾自地做题了。

系统检测到彭时知的好感度下降了一分，冯姗心里委屈，写着写着，眼泪不争气地淌了下来，她这都是为了谁啊。

彭时知见她这样，叹了口气，默默拿过笔，点了点她草稿纸上的一个数："这里开根号。"

冯姗最终成功进入了彭时知和苗苹苹所在的化学小组，虽然进去的成绩是垫底的，不过至少她也进去了。

彭时知见到她时一脸惊讶，苗苹苹则是不赞同地看着她。

"你没有必要这么较劲，彭时知不过是你遇到的一个过客而已，你以后还有更多机会，别把未来断送在这儿。"苗苹苹劝得苦口婆心。

"你在说什么啊，我只是想提高我的化学成绩，这有问题吗？"冯姗一脸无辜地望着她。

"你好自为之吧。"苗苹苹见她油盐不进也不劝了。

冯姗很快就意识到苗苹苹说的可能是真的，她进了化学小组后并没有什么用，彭时知的好感度依旧原地不动，而她还要被迫看彭时知和苗苹苹两人其乐融融的相处。

冯姗火气一上来就想给苗苹苹一点颜色看，系统却在她准备搞小

VS

动作的时候提示：禁止对攻略成功率高于自己的计划参与者进行打击报复，否则将会面临降级处罚。

这就等于她只能眼睁睁看着彭时知和苗苹苹的关系越来越好，她却什么都不能做。冯姗憋得难受，一气之下退出了化学小组。

可化学小组的指导老师拦住了她："这次的全市化学竞赛我已经给你们小组所有人都报名了，我不管你是因为什么要退出，这次竞赛你都得给我参加，并且要认真对待，这次比赛对你的高考是有好处的。"

冯姗转念一想，苗苹苹不是逢考必过吗？那她一定要在竞赛中压她一头，怎么着都得赢一回才行，于是冯姗玩儿命地刷题。

可惜，苗苹苹的金手指到底还是占了上风，那次竞赛，苗苹苹稳拿第一，彭时知第二，而她拼命学习也才拿了个第八。

他们的指导老师倒是挺高兴，冯姗能进前十大大超出了他的预料，竞赛结束后还让她去做了一回演讲。

冯姗一点儿也高兴不起来，她输得一败涂地。苗苹苹的好感度已经刷到了 93，苗苹苹和彭时知之间她再也掺和不进去了。

最后的结局是他们两人一同考入了重点大学，一个学了医，一个学了法。至于冯姗，她只读了一所普通的学校，唯一的优势就是她被化学系优先录取了。

冯姗的初恋就这么结束在了那个高考之后的夏天，她大哭了一场，埋葬了她的青春。

◆◇06◇◆

那之后没多久，虚拟小说世界创造当局推出了玛丽苏计划的 APP，方便众多计划参与者交流，并且时不时会发布一些和计划相关的规章制度以及攻略信息。

冯姗下载 APP 后才发觉苗苹苹说的那些话都很中肯，玛丽苏计划并不是给予她们配置之后让她们随心所欲地去恋爱，她们必须成为一个合格的玛丽苏。所谓合格的玛丽苏就是散发自身魅力吸引众多追求者，并谈一段完美的恋爱，促成精彩传奇的剧情。其间还有种种限制，不得陷害他人，不得使用不正当手段，等等，甚至还有吸引追求者时不能保持多段恋爱关系，要遵守基本的道德观。

由于参与人数众多，攻略对象无法平均分配到每一个人，那么参与者之间就存在竞争关系。这个竞争关系处理起来挺麻烦，因为限制的缘故，参与者之间的竞争必须是和平的，可以有白莲花、绿茶这些属性，但是绝对不能越界。如果出现恶意陷害，参与者会被踢出局，从主角转变为恶毒配角。

APP 的论坛上有各种各样的求助帖、教程帖、交流帖。冯姗在 APP 里认识了一个 ID 为"拔丝苹果"的玛丽苏计划参与者。对方也和她一样，攻略过程一直受挫，两人在这方面交流起来有很多共同语言。

拔丝苹果：你遇到的那个前辈还算好的了，至少人家好心提醒你。我遇到的这个巴不得看我在一边跟她抢人，助攻好几次之后我才意识到不对劲，差一点儿我就被踢出局变成配角了。

白驹过隙：不管过程怎么样，反正我还是失恋了。

拔丝苹果：失恋？姐妹，你想多了。这就是个工具人培养计划，你我都是参与计划的候选者，没必要在开始就投入这么多感情。你攻略出了问题，感情又陷进去了，你到时候怎么办？真给别人当配角？

白驹过隙：……

拔丝苹果：放宽心吧，姐妹，男神无处不在，没必要吊死在一棵树上，下一个更好，加油！

冯姗打了几个字，想了想又删了，她也不知道该怎么说，这个玛丽苏计划和她设想的不太一样，总感觉这样谈恋爱有点膈应。

第二个攻略对象很快就出现了，是高考结束后冯姗去打工遇上的，她应聘上了某个流量偶像的临时助理。

系统显示信息：南霄河，人气偶像，昀景娱乐小少爷，脾气火爆，任性妄为。原隶属于星光男子组合，因与队友不合单飞，粉丝受众大部分是颜粉。嗓音条件比较好，目前正在创作第一张个人原创专辑。个人喜好：蓝色系的事物，爱吃辣，忌酸口，为保护嗓子被经纪人禁辣，为此经常发脾气……男神等级 A 级，心情指数 20，好感度 0，攻略成功率 63%。

不愧是偶像，冯姗看着系统事无巨细地给出了一大堆南霄河的喜好。这次的等级虽然高，攻略难度却比上一次容易一些。冯姗做好了心理准备，推开那扇门，准备迎接她的男主。

一进门就看见乱糟糟的场面，地上散落着凌乱的纸团，东西摆放得横七竖八，而瘫坐在沙发上的人还在像投篮一样往纸篓里扔纸团。

那个染着墨蓝色头发，耳垂上戴着银色耳钉的人斜斜地瞥了过来："你是谁？"

"您好，我是新来的助理，冯姗。"冯姗微微鞠躬，介绍自己。

"你，去给我买杯咖啡，楼下拐角处那家店，拿铁，奶泡要画成叶脉状的。"南霄河使唤起人来挺自然。

冯姌二话不说,迅速去给他买咖啡。靠着系统调出的他的生活习惯,冯姌在十分钟之内就把咖啡带给了南霄河。

南霄河低头一看,无论是奶泡还是温度都恰好,也没有浪费时间。他喝了一口,味道和平时一样,这人不说废话,行动力也快,南霄河顿时舒畅起来,他点了点头:"很好,你被录用了。"

冯姌礼貌地说了声谢谢,招她来的是南霄河的经纪人,但如果他本人没有应允的话,往后的工作只怕要受这位少爷不少脾气。

南霄河的好感度很好刷,虽然他脾气有些阴晴不定,要求又多又龟毛,但他纯粹就是个被宠坏了的孩子。之前招的几个助理都被他骂走了,但冯姌不一样,她能靠系统掌握这位少爷的心情,能精准安抚住他的情绪。

不过一个月的时间,南霄河身边的人都知道他有了一个得力的助理,这个助理手段了得,把南霄河这位臭脾气大少爷治理得服服帖帖的。

冯姌的策略很简单,少说多做。南霄河逐渐习惯了她的帮助,毕竟冯姌的工作让他挑不出一点儿刺来。

南霄河脾气坏归坏,但人很单纯,到底是个被保护得很好的小少爷,所以只要被他划入"自己人"的范围内,他还是很好相处的。冯姌的好感度很快就刷到了70,南霄河跟她的关系也逐渐熟络起来,时不时还会开一些小玩笑。

冯姗以为自己这一回要成功了，甜甜的恋爱马上就要轮到她，在照顾南霄河的时候她甚至不自觉地把他当成男朋友一样来照顾，嘘寒问暖，无微不至，惹得周围的人打趣。

"霄河，你这个小助理可真是贴心。"

南霄河则白了对方一眼："怎么？我家的助理独一无二，有本事自己找去。"

冯姗在一边笑而不语，她盘算着等好感度刷到 80 以上了，她就跟南霄河挑明。

变数是在某次南霄河拍完杂志封面后出现的，那个摄影师要求苛刻，弄得南霄河心情很不爽。他好不容易才结束完一天的工作，准备回酒店好好睡一觉。

电梯门打开时，踏出了一双绯红色的鞋跟至少有七厘米的高跟鞋，一个艳丽如同凤凰花的女子走入他们的视线之中。她的明艳过于耀眼了，让人很难不注意到她的存在，她大步朝着他们的方向走了过来

"这身衣服还行，但精神怎么看起来不太好。"她摘下墨镜，露出一双锐利的眼睛，目光牢牢锁住了南霄河。

冯姗能感觉到南霄河浑身一震，他立刻打起精神来："你什么时候回来的？"

"昨天晚上九点四十七分下的飞机，可惜没人来接。"女子的目光又移到了冯姗身上，"一个月不见，听说你找了个贴心小助理。"

她的目光进攻性太强了，只消那一眼，冯姗瞬间就明白了她的意思：这是我的人，你给本小姐离远一点。

系统开启：袁柠，玛丽苏计划参与人员，时尚杂志 ZONE 主编，和

VS

南霄河青梅竹马，相识多年。自身条件设定：明艳动人。身世背景设定：A级，大小姐出身，父母是昀景股东，两家来往密切。金手指道具：时尚之眼，自身加持属性，性能比52%，冲击度59%，针对南霄河的攻略成功率87%。

本来气势上冯姗就矮了一大截，等情报出来，她脑子里一个激灵，当场决定放弃。

她把这事儿跟拔丝苹果说了之后，拔丝苹果炸了。

拔丝苹果：为什么啊，你进展不是挺好的吗？怎么出来个青梅你就退缩了？她气势逼人又怎么了，万一你那个攻略对象就喜欢你这种贴心小棉袄类型呢？

白驹过隙：她那个气场是真的强，我差点没跑路。而且她条件太好，成功率有87%，好感度也比我的高，我跟她斗是真的没底气。

拔丝苹果：你能算出成功率？你的金手指是什么？

冯姗犹豫了一下，告诉了她。

白驹过隙：综合数据分析系统。

拔丝苹果：不是吧……你有这种高级金手指，居然怕她个小青梅，既然是青梅竹马，好感度高又怎么了？青梅敌不过天降，直接上！

冯姗被拔丝苹果怂恿了好一阵儿之后，也觉得要不再试试。

结果袁柠的动作比她还快，气势汹汹地直接找南霄河表白了。当时场面过于盛大，又是大片的玫瑰花，又是彩带气球，还点着无数的蜡烛。乐队演奏一响起，讲真的，如果被表白的对象是她，冯姗保不齐自己都答应了。袁柠太A了，衬托得南霄河跟个小媳妇儿似的，脸红到脖子根，最后还被袁柠强吻了。

VS

系统显示南霄河对袁柠的好感度在那一瞬间飙到了一百。

抛开南霄河是她的攻略对象这一点不谈，这场表白冯姗看得还是很起劲儿的，袁柠气场十足又会撩，冯姗就地磕起了CP。

冯姗输得心服口服，还送了点特产祝福他俩儿。之后冯姗辞了助理的工作，回家收拾收拾准备上大学。

◆ 08 ◆

第三个攻略对象很快上线了，是学校迎新队伍里给她提行李的学长。

交谈后冯姗才发现，原来这个学长还是个熟人，小学的时候在她家隔壁住了四五年。冯姗不得不佩服玛丽苏计划的强大，她记得当年隔壁住的不过是个又瘦又黑还调皮捣蛋的男孩子，谁知这么多年过去了，竟成了高大帅气的阳光学长。

系统开始刷新：张晨儒，机械工程系大三，家庭美满幸福，父母均为教师，性格开朗随和，乐于助人，喜欢篮球，无不良嗜好。男神等级B级，心情指数70，好感度40，攻略成功率75%。

好感度和成功率都比之前高，冯姗心中一动，这不会就是她的命定之缘吧。冯姗偷偷关注着张晨儒，由于曾经是邻居，张晨儒对她很照顾，经常带她出去玩，一来二去，冯姗便融入了张晨儒的圈子。

她这次比较小心，一直看着好感度慢慢升到了80，他们的关系也越来越好，甚至在张晨儒的朋友眼里，她俨然已经成了张晨儒的准女友，现在只差最后一个表白来敲定这段关系了。

冯姗紧张地等待着时机的到来，终于有一天，张晨儒发消息给她，约她晚上七点到体育馆见面。

冯姗收到消息后激动了好久，她连着换了几套衣服才出门。张晨儒把她拉到体育馆顶层，正当冯姗内心小鹿乱撞的时候，张晨儒指着顶层的天窗对她说："你看，体操队左排第三个，那个妹子跟你是一个系的，你能不能帮哥打探打探她的消息？"

冯姗如坠冰窟，她脸上的笑意全都没了："你认识她？"

"这不是不认识嘛，想找你帮个忙。"张晨儒不好意思地挠头。

"我也不认识她。"冯姗语气不善。

"别，哥身边就只认识你一个化学系的，你们上课总会碰到的，你就帮帮你晨哥，我请你吃大餐。"

冯姗还没张口，系统的数据就在她眼前自动刷新：**黄月湘，玛丽苏计划参与人员，化学系大一，体操社团成员……**

她的自身条件和身世背景和冯姗的一样，都是最普通的，然而她的金手指很稀有。

魅力四射，玛丽苏特级金手指，能在无任何举动的情况下吸引等级低于自身的攻略对象，吸引高等级攻略对象时心动值提升30%，好感度附赠20。系统的机械音让冯姗的心情格外复杂。

冯姗的心里犹如堵了一团棉花，上不去下不来，她只能找拔丝苹果倾诉。

过了一会儿，拔丝苹果发了几个链接过来，标题都是什么"手把手教你如何用低配置攻略A级男神""攻略过程中必须把握的几点干货！""成为一个合格玛丽苏女主的必经之路"。

白驹过隙：……谢谢哦。

白驹过隙：算了，不说我了，你最近怎么样？

拔丝苹果：我还好，进展不错，估计马上就能攻略成功了。

拔丝苹果是个歌手，金手指是"莺歌婉转"，让她有了一副好嗓子，所以她干脆出道当了歌手，在娱乐圈里机会也多，她和一个音乐制作人在发展，估计过不了多久就能传来好消息了。

白驹过隙：预先恭喜你啊。

拔丝苹果：谢谢，链接你一定要记得看啊，这都是加精付费的。

白驹过隙：……倒也不必。

◆09◆

冯姑发誓，自己绝对认真观看了其他玛丽苏前辈的经验总结，努力学习并融会贯通，可她的攻略之路依旧非常不顺。

听音乐会结识的钢琴家好不容易和她约会几次之后，突然告诉她，他初恋回来了。

画展上邂逅的设计师和她认识了大半年后，出去旅游回来带了个女朋友。

诸如此类被截和的事件多次发生后，冯姑开始怀疑自己是不是情商太低，根本不会谈恋爱。

她的手段不多，不懂得怎么撩人，没有萌点，也好看不到哪儿去，只知道潜移默化，循序渐进。可在玛丽苏计划参与者众多的情况下，她的做法必定是不占优势的。她甚至想如果没有系统这个金手指，她估计跟这些攻略对象话都说不上几句。

冯姆从实验室里出来，看了一眼前来指导的林琮，他手里提着一个粉色的袋子，显然是不属于他本人的物品。

"林教授，有人给你送爱心便当啊？"冯姆开玩笑地说。

林琮的脸上居然出现了一丝羞赧："嗯，女朋友送的。"

"恭喜林教授脱单。"冯姆表面上笑得灿烂，心底却平静如水，"记得要请客呀。"

她和林琮擦肩而过，心里一丝波动都没有了。关于攻略对象被截和这件事，她现在淡然处之。不知是不是因为见多了的缘故，她现在对这些攻略对象也没什么特别的感觉。

拔丝苹果：你这样不行啊，太消极了，你振作一点，只要努力，总能成功的。

白驹过隙：有时我会想，我这样一次又一次的攻略是为了什么。

拔丝苹果：当然是为了成为一名玛丽苏女主，不忘初心啊，姐妹！玛丽苏女主是我们所有人共同的梦想，美好的爱情，完美的生活，这些都是我们曾经梦寐以求的。你现在只是碰壁了而已，坚持下去，等你攻略成功，体会到爱情的美好，你整个人生都会焕发光彩。

白驹过隙：我觉得让人生焕发光彩也不一定要得到爱情吧。

拔丝苹果：亲爱的，你是不是忘记了，你参加的可是玛丽苏计划啊，没有缠绵悱恻海誓山盟的爱情，还算什么玛丽苏。你要是没有成为主角，你现在得到的一切配置都会消失，到时候你就只能给其他女主做配角，在别人的故事里抱憾终身。

冯姆的手机屏幕亮了一下，她收到了导师的消息：冯姆，你那篇碳原子的论文发表了，有机会参加今年的化学论坛评选，好好加油！要是真的选上，我们化学系今年就能扬眉吐气了！

隔着屏幕她都能感受到导师的兴奋。

白驹过隙：我这不是一直给人做配角吗？都习惯了。

至于抱憾终身，那可就未必了。冯姗盯着那条短信，脑海中冒出一个念头，这个念头逐渐翻涌起来，让她有了新的想法。

如果我一直没有攻略成功，我的金手指使用权还能维持多久？冯姗问系统。

三年后无进度，所有配置自动解除。系统回答。

三年啊，冯姗心想，足够了，她下达了指令：系统更新，把运气值和好感度的测算全部更换成原子结构变化记录。

VS

◆①⓪◆

冯姗其实挺感激玛丽苏计划，如果没有这个计划，她不会那么努力去做到一些事情，至少当初还是个普通高中生的她从来没想过会在实验室里做研究。

当她放下了对攻略对象的执着追求后，她感觉内心无比平静。她为了攻略付出了不少，即便没有成功过，也不是一无所获。

情场失意，学业总得赶上来填补。冯姗专注地盯着试管里的液体，记录数据变化。系统非常好用，现在已经被她全面改造成物质观察检测的数据处理器，使得她的研究进度节约了不少时间。

有时拔丝苹果会发玛丽苏计划上的链接给她，是和她抽中同样金手指的参与者的记录帖，里面都是相同金手指持有者交流功能开发的讨论，有些人已经靠着这个系统成功吸引了十几个男神，达成玛丽苏魅力值满分。看着她们在那儿讨论系统的优点，冯姗也不禁点头，是挺好用的，元素检索比他们学校的数据库快多了。

冯姗埋头专心做研究，她的身边依旧会出现各式各样的男神，有些被其他参与者攻略了，还有一些也会被她所吸引，但是冯姗已经不想去刷他们的好感度了。她在实验室忙得很，她必须在金手指到期的时候让自己完全独立出来。

拔丝苹果得知后替她着急。

拔丝苹果：你是不是傻，多少先刷刷好感度，你一直没进度的话，到时候真的就出局了，不管怎么样先把时间拖延下去。

白驹过隙：哪有那个时间，刷那几分好感度我都能解一个反应式出来了。

拔丝苹果：我看你是真的魔怔了，你再这样下去迟早要出局。

白驹过隙：是快要出局了，所以我才得抓紧时间，不聊了，再见。

冯姗果断退出界面。

三年的时间很快就要过去了，冯姗已经读了研，读的是 Z 大。倒不是她对林琮还有什么想法，只是 Z 大的化学系确实厉害，她成功进入系里的研发小组，成为学院资格最老的教授的第一助手。

距离金手指解除的时间越来越近，冯姗也越来越忙，忙得昏天黑地，几乎是拼命在赶进度。

她的努力没白费，她被导师推荐进了几所高校联合举办的一场大型综合性学术研讨报告会，与会者全是各行精英人才。冯姗心里有点激动，她估计这次能大开眼界。

入了会场，她正找自己的位置，系统忽然自行启动：姚茜茜，玛丽苏计划参与者，C大金融系大四，成绩优异，表现突出。自身条件设定：清新脱俗。身世背景设定：B级，中产出身，家庭美满。金手指道具：灿若星辰，自身加持属性，高阶卡，所在之处能始终保持耀眼度，成为众人中心……

系统的信息在这一刻戛然而止，冯姗拿出手机，关掉了提示的闹钟。系统的使用时间正式结束了，她被解除了玛丽苏计划参与者的身份。

冯姗平静地把手机放回包中，内心生出一种摆脱负担的宁静感，她坐在这个精英云集的会场里，淡定地翻开笔记本。

即便没有系统提示，她现在也能清楚地分辨出会场中玛丽苏计划的参与者，那个女孩所在之处总让人忍不住侧目。她也不知道对方的目标是谁，反正这些跟她没有关系了。冯姗在整个会议过程中只安安静静听讲，做笔记。

会议最后有个学术展示的小比赛，是专门留给他们这些表现突出的新人展示自己的。大家都跃跃欲试，谁都想表现得好一点，给在座的各位大佬留下个好印象。

冯姗上台后发现，在场的还有几个熟人，林琮自不必说，她甚至看见了彭时知。彭时知坐在那所当年她望尘莫及的重点大学代表队的座位上，她估计现在彭时知的男神等级已经升到了 A 级，但如今她也能和他身处同样一个会场，甚至能比他更优秀。站在台上的冯姝霎时间觉得当初那些艳羡和希冀真的已经成了过去，回想起来竟不值一提。

冯姝深吸一口气，开始做她的报告。

比赛结束，冯姝自己都很意外，她的综合评分是第一，但人们的关注点都在另一个人身上。姚茜茜的金手指使她即便是拿了第二也始终处在众人的话题中心，她的报告综合评分虽然没冯姝那么高，可她的表现很出色，报告的侧重点让人耳目一新，成功给人留下深刻的印象，反倒显得冯姝这个第一名没什么存在感。

不过冯姝也不介意，她离场的时候有人叫住了她。

"冯小姐，您好。"对方一身西装革履，身形高大，眉眼深邃，一身气质都彰显出"精英"两个字。冯媛目测这人应该是个 A 级男神，只是她不明白自己都没光环了，这人怎么会找上自己。

"我是凌容科技的业务经理连徵，对您的碳纤维研究理论很感兴趣。"说着，对方礼貌地递上名片。

冯姝接过来一看，名片上写着凌容科技总经理的职位，她心想，原来是看中了她的研究成果，这哥们眼光还是不错的。于是冯姝跟他聊了一会儿自己的研究方向，之后就离开了。

回去后没多久，她就看见 APP 上一大堆私信消息，点进去一看，是拔丝苹果在疯狂 @ 她。

拔丝苹果：姐妹出来！大消息大消息！你们那边出现了 S 级男神！难得一见啊！姐妹把握住机会！

还没等她回复，拔丝苹果发了一大堆截图过来，冯姝定睛一看，

漫娱图书 精品推荐
硬糖女孩系列"Coolgirl"，酷爽故事，飒到你
COOLGIRL
系列第二弹
A小姐 主编
2
飒到你
酷女孩的苏爽故事，就要"飒"到你
COOLGIRL
2
主角非主角
A小姐 主编
成为书中角色，"我"的命运由我改写
主角非主角
超值定价：38.80元
娱乐圈女星、校园女神、参军大小姐、无用程序员……
如果你变成她们，会如何撰写你人生的剧本？
成为书中角色，
"我"的命运由我改写！

图上的地点好像就是她参会的会场。她算是知道那个姚茜茜冲着谁去了，估计十有八九得手了，于是她漫不经心地回复。

白驹过隙：别想了，人家这会儿应该被拿下了，会场里有个高阶金手指，看架势成功率挺高。

她刚发送出去，拔丝苹果那边就把已经被扒出来的所谓 S 级男神的个人信息给她发了过来。

她看见了一个熟悉的名字，连徵。

白驹过隙：我问一下，你说的那个人是不是这个？

冯姍把名片拍照发了过去。

拔丝苹果：姐妹！！你时来运转了！赶紧上啊！

冯姍扫了一眼连徵的信息，凌容集团的董事长，有名的连氏家族继承人，底下是一大串精英得不能再精英的履历，真正意义上的玛丽苏正牌男主设定。亏她还以为人家只是个拉业务的销售经理。

白驹过隙：已经见识过就行了，S 级也是一个鼻子两个眼睛，我都退出玛丽苏计划了，没必要再浪费时间去攻略。

拔丝苹果：你是傻了吗？这怎么能叫浪费时间？S 级啊！你攻略下来立马能转正，都不用攒经验。

拔丝苹果给她发了一个标着"爆"的链接。

那是玛丽苏计划 APP 首页最顶端的帖子，官方发布了攻略 S 级男神的成就和奖励，条件限制放宽了很多，只要能攻略 S 级男神，不限制任何身份资格。

仿佛是为了印证这个帖子的内容，冯姍的耳边传来提示音：恭喜路人角色冯姍，在 S 级男神攻略过程中获得"引起注意"初级成就。

冯姗退出了链接，毫不犹豫地下达了指令：我申请放弃攻略。

申请无效，S级角色任务优先于其他等级，所有角色自动服务于S级角色剧情。

冯姗翻了个白眼，懒得理会了。她回实验室继续做她的研究，基本上百分之七十的时间都泡在实验室里，两耳不闻窗外事。

因为研究的事情连徵和她联系过几次，冯姗也只是按部就班地和他进行再正常不过的商业交流。别说刷好感度了，冯姗因为忙都很少出现在连徵面前。

联系过程中，冯姗零零碎碎获得了一些微不足道的成就，任由系统提示，她也不管。连徵身为S级男神，圈子广大，冯姗只是他人际圈中一个小小的过客。很快，连徵的注意力放到其他的商机上去了，两人的相遇犹如萍水相逢，一触即分。

拔丝苹果看她这种满不在乎的样子，感叹她简直错过了一个亿。

拔丝苹果：你来真的啊，这么一尊大神放你面前，未必真的不能让你心动？

白驹过隙：实话实说，我对攻略别人没什么兴趣了。与其浪费时间去追逐别人，我宁可用来改变自己。你要这么理解也行，我当时站在台上演讲的时候，看见台下坐着我以前的攻略对象，我突然意识到，靠我自己是可以缩短这个差距的。比起攻略他人，远不如我超越他们的感觉爽。

白驹过隙：我那时就想，配角就配角吧，谈个毛线恋爱啊，我现在只想搞事业，然后把你们都压下去。

◆❶❷◆

冯姗如同她所说的那样，心无旁骛，一心做研究。过了几年后，她成了她们院内最年轻的副教授。

因为自身的优秀，她身边聚集起众多追求者，她逐渐成了当初她所面对的攻略对象那样的人，而她极为吝啬将自己的目光放在那些追求者身上。

冯姗应邀回她的母校讲课，还是那个熟悉的图书馆会议厅，她站在讲台上，下面是几百号前来听她讲课的学生，她从容不迫地讲述着自己的观点。

下课后，有学生前来问她问题，冯姗下台阶的时候不小心卡住了鞋跟，她身形一歪，随后落入一个温暖的怀抱。

"冯老师，您没事吧？"扶住她的是一个年轻的男生，面容清俊，眉眼间有着温柔的气息。

"谢谢。"冯姗不动声色地从他怀里移出来，面色平静地看向前来问问题的学生，"同学，你继续说你的问题。"

"哦。"对方愣了一下，然后打开自己写得满满当当的笔记，开始提问。

走出图书馆的时候，天气不错，冯姗突然想起，当初林琮演讲的那天天气也不错，只不过她的心境已经完全不同于那时了。

她大步走出去的时候，耳边传来了熟悉的机械启动声。

冯姗，转型成功，女强文女主，编号1097，所有设定维持不变。

◆END◆

成为
真人直播
女配后

文/明汐

"很抱歉，我不原谅。没有经历过我的人生的人，也不配劝我原谅。"

成为真人直播女配后

/////// 文 ▶ 明汐

容盈盈猛地睁开了眼睛。

有老师讲课的声音传来，高中课堂的内容一瞬间充斥了她的脑海，她有点怔怔地看着自己面前做了潦草笔记的课本，再慢慢抬头，环顾了一圈坐在教室各处的熟悉身影。

短暂的迷茫后，她又重新低下了头，容貌美丽的少女垂下眼，眼底却掀起了惊涛骇浪。

她竟然……重生了。

容盈盈攥紧手里的黑色中性笔，嘴边忍不住有了一丝冷笑。

上一世，她和明婉仪在大学毕业后一起进入了 MQ 娱乐公司，成了公司优秀毕业的练习生，共同争夺珍贵的成团出道位。而争夺的方式则是进入生态舱，进入向所有现实世界的观众同步直播的虚拟世界里。她们将在虚拟世界重新诞生，在不同的生长环境中长大，在虚拟世界里度过一段人生，其间所有的记忆都会尘封。

观众则会给他们喜爱的选手投票，最终票数最高的五个人可以成团出道，票数第一名会成为女团C位。

这种真人直播的选秀方式已经进行了好几季，每一季都引起了全社会的热议。这种方式太过独特，让观众有上帝视角的体验感的同时，也能最大化地展现出每一位选手的性格。之前每一季里都有表面人畜无害的选手，在虚拟世界里展现出自己的本性，让观众大跌眼界的同时又直呼痛快。

人性真正的善恶在这个虚拟世界淋漓尽致地展现出来，这无疑最能够激发观众们的观看欲。

上一世的容盈盈在进入生态舱之前，信心满满地觉得自己可以拿到一个成团位，甚至觉得自己可以冲击C位，她对自己的性格和实力都有极高的自信。然而在直播秀里，她却不知为何做出了许多背离自己本性的事情，被观众唾弃，被公司雪藏，最后身败名裂无人问津，在出租屋里闭上了双眼。

直到临死前她才知道，那个所谓的真人直播秀居然是有剧本的！她从一开始拿到的就是女配角剧本，而且是那种注定下场惨淡，生来就是女主明婉仪对照组的恶毒女配。

换句话说，她之所以在真人秀里屡次做出与自己原本性格不符合的事情，都是因为剧本给她的人设任务，并给她下了"降智光环"！

比如，她现在这副上课开小差的样子。

没错，这一期真人直播秀的背景正是发生在高中校园里。

"容盈盈，你又在发什么呆？！"英语老师严厉的声音随着粉笔头一起劈头盖脸地砸在了她身上，"你起来复述一下我刚才说的话！"

她猛地回过神来。

真人直播秀并不是从她们被投放进来的起点开始播放的，而这一期呈现在现实世界观众面前的第一个镜头，就是从这一刻开始的。

上一世的她因为剧本和降智光环，在这里支支吾吾回答不出来黄老师的问题，相对的，明婉仪以一口流利的英文吸引了观众们的注意。

这一世不知道为什么，在被黄老师点名的同时，容盈盈突然感到自己的大脑里多了一个巨大的图书馆——一个囊括了古今中外几乎所有典籍的图书馆。

而她作为这个图书馆的主人，可以随时调用图书馆中的任意书籍，并将书中的内容以精神元的方式直接转化为她自己的知识储备！

既然她有了重生的机会，并且知道了这一切背后的真相，还拥有了全知全能的图书馆这样一个无敌的金手指，那么她当然要夺回本应属于自己的一切！

容盈盈定了定神后从座位上站起来，她没有着急回答黄老师的问题，而是先露出了一个足够甜美又带着歉意的笑容："黄老师，对不起，昨天实在睡得太晚了，以后我一定会注意的。您刚才问题的答案是……"

少女的眼神还带着一些打瞌睡后的迷蒙，阳光从窗外投射下来，给她的周身打了一圈暖金色的光晕。少女额头饱满、皮肤白皙、鼻梁精致高挺，一张口就流利地吐出了一串发音标准又漂亮英音。全知全能图书馆里的英文书从书架上飞舞下来，进入她的脑中。她的声音清澈，语调优雅，回答完问题后，她再次在黄老师震惊又满意的眼神里歉意一笑。

"回答得很好，但上课还是要认真听，下不为例。"所有的老师都会对聪颖优秀的学生宽容一些，黄老师多看了她两眼，点头让她坐下了。

容盈盈轻盈地坐下，却又在低头的同时咬了咬下嘴唇，露出黯然神伤的表情。她非常清楚，此时此刻在现实世界中，观众的屏幕正聚焦在这个小小的教室中，所有人都看得清她刚才的表现和神色，而她……就是要让观众们对她产生好奇，好奇才是获得观众注视和话题讨论的最大原动力。

为什么她明明拥有听起来就像是出自贵族教育的优雅口音，面前却摆着破旧的笔袋？为什么黄老师要说"又在发呆"？而她为什么会睡得太晚？又为什么在完美地回答了问题后露出这样的神色？

不出她所料，直播的弹幕上布满了这些问题。

天哪！这个小姐姐是谁？好飒好漂亮！三秒钟，我要她所有的资料！

感觉有故事！求导演多给镜头！！

终于有人发现宝藏女孩容盈盈了吗！全能 ACE 了解一下？

而 MQ 娱乐公司的真人秀导演陈如安则是面色不虞地看着这一幕："这是怎么回事？容盈盈不是应该答不上这道题，然后由明婉仪说出答案吗？"

"再等等看，可能是系统短暂地负荷过载了。"旁边有人立刻应道，"我这就去技术部门问问情况。"

陈如安拧着眉，不以为意地"嗯"了一声。

"有问题就赶快解决，几位老板都是压了钱在出道位身上的，不能坏了他们的好事。如果惹了他们，后果不用我说，你们都懂的。"

虚拟世界。

英语课后是课间操时间，所有的学生都要到操场上去，于是观众的视角变成了俯视的大镜头。屏幕上还有文字介绍：这是一所贵族高中，入读的学生非富即贵，除此之外，还有学校为了提高升学率用高额奖学金吸引而来的寒门学子。

容盈盈一边在人群里往前走，一边不断调动着图书馆里的书本。知识流入脑海的速度非常快，再加上她自己原本的学习能力就非常惊人，只是半个上午的时间，她就已经掌握了大学程度的知识。

"容盈盈，你看看别的寒门生，各个都那么努力，你的成绩再这样吊车尾，就要被清退了。"一个声音倏然在她耳边响起，明婉仪不知何时站在了她旁边。

"我有我的难处。"容盈盈仿佛并不接受这样的好意，只冷冰冰道。

明婉仪的声音急切了起来："我刚刚得到消息，校方和学生会决定，如果今年寒门生的成绩排名不能全部在前百分之十，下一届就要减少录取寒门生的名额了！后天就要期中考试了，你……"

"哦。"容盈盈面无表情地简单应道，她转头看了一眼明婉仪，眼神黑压压的，竟然让明婉仪忍不住后退了一步。

人家好心提醒她，她怎么不知感谢？反而还露出了这种表情？

仇富吧，毕竟明婉仪是贵族学生，和她这种寒门生有本质区别。

人和人是有区别的啊，人家贵族都递台阶过来了，容盈盈未免太不识抬举了！

"明婉仪，你怎么和这个寒门生混在一起？"嗤笑声响起，长相明艳的少女斜睨过来，露出一个夸张的表情，"你不怕身上沾到穷酸臭味吗？隔着这么远我都能闻到，嘶——"

容盈盈看过去，说话的是MQ公司的另一位练习生程橙，她和自己一样，也是明婉仪的对照组。她表演的是寒门学子卑鄙恶劣，妄想着不属于自己的一切的一面，而程橙则是要全方位地体现出贵族们对寒门生的鄙夷和门第之见，从而衬托出明明也出身贵族，却没有这些成见的明婉仪的纯洁和善良。

"我也是为她好。"明婉仪抿了抿嘴，露出了些许我见犹怜的表情。

"要你多管闲事！"容盈盈冷冰冰道，她倏然后退一步，像是看着仇人一样盯着明婉仪，声音也突然拉高了几度，惹得周围的人都惊愕地看了过来。

言罢，容盈盈在明婉仪错愕的目光和程橙的冷笑及翻白眼里，愤然而去。

弹幕密密麻麻刷着问号。

怎么回事？

刚刚才对容盈盈有点好感，我感觉我被打脸了。

明婉仪不是为了她好吗？她不识好人心的吗？真为明婉仪感到不值！

容盈盈走到几乎没有人的角落里才停下了脚步，她剧烈地呼吸了几下，仿佛不堪重负一般，然后才悄悄看向了明婉仪的方向。阳光下的明婉仪迅速被其他贵族学生围了起来，形成了旁人无法融入的圈子。而容盈盈却站在无人问津的黑暗之中，仿佛与那样的光明有天壤之别。

她一直面无表情地盯着明婉仪的背影，眼中的情绪浓到化不开，让人充满了探知的欲望。

容盈盈慢慢垂下眼眸，在看不到的角落里勾起了唇角。她心里对观众的前后反应都一清二楚，她太知道他们会在弹幕上怎样攻击她和骂她。

也只有这样，等到真相揭晓的时候，才有反转的乐趣。

好戏才刚刚开始。

在寒门生的录取名额可能会降低的风声透露出来以后，整个学校的气氛都变了。贵族学生们依然信步闲庭，甚至颇有点看好戏的意思。而寒门学生们则抱着习题册，在校园里步履匆匆。时不时地，有恶劣的贵族学生在他们背后恶作剧般地喊一声："好好学习哦寒门，不然会被退学的哦。"

在这样紧张的氛围里，容盈盈却依然在课堂上打瞌睡，并因此在多堂课上被老师点名批评。

"容盈盈，周老师让你去一趟办公室。"

趴在桌子上的少女露出了迷蒙的眼神，片刻后才反应过来对方在说什么。她站起来，向着老师的办公室走去。

我有点看不懂了，她到底为什么每天这么多瞌睡啊？

前两天晚上的直播都是切去了别的小姐姐的视角，一直都没有看到她，一人血书求一个容盈盈视角。

两人血书。

别血书了，我不想看，按之前的剧情，我的直觉告诉我这个容盈盈不是什么好东西。

容盈盈敲了敲办公室的门，在得到回应后推门进去。周老师是她们班的班主任，是一个一丝不苟的中年女老师，她从厚重的黑框眼镜后面看着面前的少女，声音严厉："录取名额的事情你听说了吧？我不允许我的班上出现任何一个例外。"

她将手边的资料拍在了容盈盈面前："在过去的三次随堂模考里，你的成绩在寒门生里是倒数，如果这次你还是这样的话，我会向校方申请，对你做退学处理。"

容盈盈低头看着自己过去的成绩，没有说话。

"学校招你们进来，还给予高额的奖学金，是为了什么？难道你不明白吗？"周老师轻蔑地扫了她一眼，"自己不争气，就别怪校方不客气。"

容盈盈的脸上没有露出她预想中的无措和惊惶，周老师顿了顿，再度加重了语气："容盈盈，你的家庭资料我已经看过了，你需要这笔奖学金去给你的父亲支付手术费，你母亲的病也需要持续吃进口药物，你每天要照顾他们到很晚，但这些都不是学校应该为你考虑的事。如果你不配留在这所学校了，那么……"

"我不会的。"容盈盈的脸色有点苍白，她像是被周老师吓到了，终于出声。

周老师将一份合约扔到了她面前："空口无凭，签字吧。要我说，你还不如直接退学，也省得我多批一份卷子，浪费我们彼此的时间。"

容盈盈不看都知道合约的内容，肯定是如果她的成绩排名不能在前百分之十，她自愿退学之类。上一世她也签了这样的合约，结果当然是被清退了。之后，是明婉仪通过努力才让她回到了学校里，而这也成了明婉仪的高光表现。

"我可以签字。"容盈盈抬眼看向了周老师，不知为何，周老师竟然被她这一瞬间的眼神惊到了。但很快，少女就收敛了刚才的锋芒，"但如果我考到了前十呢？"

周老师的办公室并不是单间，两个人的动静很快就吸引了办公室其他老师和过往学生的注意。

"就凭你？"周老师嗤笑一声，"你要是能做到……"

"要是我能做到，就请周老师把我调去竞赛班。"容盈盈的声音平静却带着一股不容拒绝的自信，"当然，我也不会让周老师太难办。这样吧，如果我能考到年级前十，就请周老师履行承诺，并且请您在降低寒门生录取名额的会议中投出反对票。如果考不到前十，我就退学。"

周老师愣住了，她震惊地看着面前过于平静的少女："你是说……前十？前十名？"

"哟，这不是容盈盈吗？容盈盈说她要考年级前十，你们快来看看啊！哈哈哈哈哈！"不加掩饰的嘲笑声从背后传来，程橙不知何时举起了手机，显然是将刚才的一幕拍了下来，"各位姐妹们，容盈盈要是能考年级前十，我程橙愿意倒立洗头，哈哈哈哈哈！"

她飞快地将这段视频发了在了校园内部群里，群里的"哈哈哈"顿时连成了队形，不断有人回复着诸如"倒立洗头带我一个""+1""+2"的话语，还有人忙着问容盈盈是谁，在了解清楚后，又是一阵儿不加掩饰的大笑。

周老师被程橙的声音惊醒，她似笑非笑地看着容盈盈："我答应你。你被退学的时候别哭得太大声，会吵到大家的耳朵的。"

◆◆05◆◆

容盈盈口出狂言的事情很快就传遍了校园的每一个角落，所有人都对这次期中考试充满了期待。

年级前十，那可不是上下嘴皮子一碰就能达到的目标。

当然，容盈盈不是信口河。上一世离开真人秀后，她反复看过真人秀直播的所有镜头，真人秀的机位基本都是固定的，除非请愿的粉丝实在太多，否则是绝不会为某个选手单独添加机位的。所以她十分肯定地知道，前几天晚上是完全没她的镜头的，而她也会在这些天里让观众对她的厌恶度积攒到最满，塑造出一个懒惰恶劣没有集体荣誉感的形象。这样，即使观众们看到了她糟糕的原生家庭，也产生不出几分理解之心。

所以这几天的晚上，她在照顾卧床的父母的同时，每一天都在熬夜刷题。

重生让她身上所有的降智桎梏都消失了，她在现实世界里本就是真正的 ACE——她不仅仅是在练习生里十分出挑，在学校的时候，她从小到大都是全市闻名的学霸，高考的时候，她更是以距离全科满分只有三分的绝佳成绩，拿下了本省高考状元的桂冠，进入了华国最高等的学府，并在提前完成了学业后，因为过分出众的外表被星探挖掘，一脚踏入了娱乐圈。

这样的成绩足以让她傲视所有人，既然她拾起了自己的记忆，在没有降智光环的作用下，又怎么可能被区区高中的考试题难倒？更何况，她脑中的图书馆也在一刻不停地向她输送知识。期中考试，不过是她崭露头角的一个跳板罢了。

在观众眼里，纤细单薄的少女眼眶微红，倔强又不服输地为自己和所有寒门生争取着权利，而导演也终于给到了她夜晚的镜头。

在其他学生为了期中考试蓄力冲锋的时候，她在破旧简陋的小屋里做着饭，然后给父母喂饭，为父母擦拭身体、按摩，脸上没有半分不耐烦的神色。直到两个大人都在夜色中睡着了，她才松了一口气，掏出习题册，强撑着困倦的身体开始刷题。

和之前温馨漂亮的贵族家庭一对比，我心里突然有点不是滋味……

不说那些贵族了，就算是寒门也分高下的吧，比如 XXX 的家庭虽然并不富裕，但至少温馨，反观盈盈这边，一声叹息。

呜呜呜……小小年纪就背负了这么多，难怪她上课会瞌睡，成绩会下滑！我开始担心万一她考试考不到前十，被退学了要怎么办了！我好紧张！

等一个逆袭！

等等，你们忘了之前她对明婉仪的态度了吗？她这个家境基本上等于实锤是仇富了吧。

都散了吧，这是博什么同情呢？就她，能直接跃升到年级前十？能做到我倒立吃鼻屎好吗！

网上关于容盈盈的话题又吵成了一片，"容盈盈期中考试""容盈盈家境"等几个相关的热搜飞速上升到了前十的位置。有人调侃了一句，说容盈盈的成绩还没上去，热搜先到了前十，也算是另类的前十了。

总导演陈如安也看到了热搜，虽然其余几个内定出道的成员都在按剧本走，树立起了非常正面的形象，但至今为止，还没有任何一个人能够达到容盈盈这样的热度。

陈如安有一种事情在逐渐脱离自己掌控的微妙感觉。

◆06◆

期中考试。

考场的位置是按照排名来划分的，容盈盈被排在了第十考场，放眼望去，周围全都是贵族。成绩对于这些学生来说都是可有可无的东西，他们混个毕业，然后听从家里的各种安排，出国抑或其他深造。

所以容盈盈走进考场的时候，全考场都向她投来了意味不明的目光。

那个"全校前十"的赌注实在是太猖狂了，甚至在考试过程中，容盈盈的前后桌都忍不住想要探头看看她答了什么。

"干什么呢！"监考老师忍不住走过来，喝止了动静过大的两个人，自己却好奇地站在了容盈盈身边扫了一眼她的卷子。

从第十考场一跃到前十名，痴人说梦……

监考老师发散的思绪却在看到容盈盈的答题后倏然一顿。

草稿纸干净极了，上面一个字都没写。少女左手捏着笔盖，右手捏着笔杆，垂眸看着题目，沉思几秒后，笃定地在空白处写上一个答案。

监考老师在内心嗤笑一声，心想，这是装给谁看呢。

然后，她的目光就顿住了。

她是年级的数学组组长，这套题是她出的，她当然比任何人都知道这套题的难度和正确答案。而她目之所及，容盈盈的回答都是对的，并且她还在以五秒钟一道题的速度匀速答题！

对于容盈盈来说，高中的数学题实在是太简单了。这些天全知全能图书馆向她输送的知识已经到了博士级别，她停顿五秒钟都是因为旁边有老师看着，所以她故意做出了有思考的样子。

到了大题的部分，容盈盈在监考老师的注视下，依然在五秒钟的注视和思考后，直接写下了答案。然后她叹了口气，像是觉得要写过程很麻烦一样，带着点不耐烦地在下面简洁却精准地列出了步骤示意。

监考老师就站在她旁边，直到看到容盈盈在最后一道题下写上完美答案才恍惚地回过神来。这个容盈盈……她到底是怎么做到的？！她为什么能全部做对，而且一副如此轻松的样子？！

然后，她就对上了从题海中回过神来的少女清澈又带了一丝问号的眼神。随即，少女冲她微微一笑。

如果是考试前她看到这样的笑容，恐怕只会觉得可恶又嘲弄。但现在，这位老师的眼里只看到了明丽少女的笃定和自信。

她从来都有这样的实力和自信。

07

震动极大的不光是这位监考老师，还有屏幕前看这期真人秀的观众们。

你们仔细看了镜头拉进时的画面了吗？我每一科都截图了，我以A大优秀毕业生的名誉担保，她每一道题都是对的，而且她每一题的运算时间都没有超过五秒钟，拥有这种大脑，为什么要去搞选秀？来做科研扬名立万不香吗？

说起来……我记得某省前几年的高考状元似乎也叫容盈盈，是同一个人吗？！

我找到当年的新闻和采访照片了，还真是！你敢信？！

很快有人翻出了容盈盈的简历，大家这才发现，在一众音乐学院、舞蹈学院毕业和从小就在做练习生的女团候选人中，她的简历实在是亮眼得出人意料。

所以说，就算是进入真人秀里重启人生，脑子好的人也依然无敌。

呜呜呜……学习好的小姐姐太吸引我了，我迫不及待要等到出分的时刻了！

如果之前那位A大优秀毕业生说的话是真的……还有人记得之前说要倒立吃鼻屎的人吗？

还有虚拟世界里那些说要倒立洗头的人，等不及想看倒立怎么洗头了！

我还是好奇她为什么对明婉仪有那么大的敌意。

期中考试的成绩出分非常快，所有老师通宵达旦地在办公室里加班。阅卷采用的是封卷头的匿名方式，在所有人出成绩之前，没有人知道自己批改的是谁的卷子。

数学组组长在见过了容盈盈的答题速度以后，就一直处于一种恍惚的状态，直到其他科组接二连三地传来了惊呼声："你们快来看！这张物理卷子！这简直是艺术品！"

"这就艺术品了？我这里刚刚批了一张满分化学卷子，老张你个没见识的来看看什么才是真正的完美！"

两科的老师互损了几句，同时拿着匿名的卷子比拼，结果越看越不对劲："这字迹……是同一个人吗？"

两个人动作太大，又吸引了别的科的老师，大家来围观完美艺术品试卷的同时，纷纷开始寻找自己这一科里相同字迹的卷子，果不其然，又是惊呼一片。

"组长，你看这份卷子！天哪！这个学生到底是谁！理科三门和数学全部满分！只要她的语文和英语不要太差，这次期中考试的年级第一必然是她了！"

有老师捧着数学卷子过来，神色中满是激动："但我之前从来没见过这个笔迹，你们能看出来这是谁吗？"

所有人都在摇头，只有数学组组长欲言又止："……这是我考场的一个学生。"

"你考场的？你……这次不是监考第十考场吗？不能吧？是不是记错了？"

数学组组长神色复杂："我也以为不能的。"

她不说还好，这么一说之后，大家的好奇心更重了，还有人想起什么似的提了一嘴："对了，周老师，你们班的那个要进年级前十的容盈盈呢？有人看到她的卷子了吗？"

周老师嗤笑一声："她？别提了，一个自大妄为的学生，啧。"

知晓一切的数学组组长：……

大约是因为太想知道这个神秘又完美的卷子到底是谁的了，各科老师批卷子的干劲十足，以往每次都要到晚上十点的工作，这次竟然八点多就提前完成了。而在拆开卷子的一瞬间，所有人都围过来了。

结果，大家就看到每一份卷头都写着同一个名字。

容盈盈。

办公室里一片寂静。

"不……不可能！"周老师惊呼出声，"怎么会是她？！"

还有人想起了数学组组长刚才的话，猛地回头："第十考场，容盈盈，你……你早就知道了！"

看到后者点头，周老师的心骤然沉了下去。

◆◇08◆◇

放榜这一天，所有人都往榜单最前面挤，等着嘲笑口出狂言的容盈盈。

明婉仪也挤在人群里，她的脸上还带着天然的担忧："你们不要再这样说了，就算她考不到，也不至于真的让她退学吧？我让我爸爸去和校方谈一谈好了……"

她的话语卡在了前排有人惊呼的一声"天哪"里。

明婉仪因为被打断了话，微皱眉头，正想再说什么，就听到有人终于喊了一嗓子："容盈盈是第一？！"

明婉仪愣愣地看着榜单，一腔想要"帮"容盈盈出头的话语全部卡在了嗓子眼里。

她……竟然真的进了前十，而且是直接考了第一？！

怎么可能！

当时那些叫嚣着容盈盈能考到前十就倒立洗头的同学们面如土色。如果有可能穿越回去，他们一定会阻止大放厥词的自己！而直到这个时候，才有人察觉，当事人容盈盈甚至都没有来到榜前。

容盈盈平静地站在周老师的办公室门口，当着所有老师的面一步步地走了进去。她周身的气势并没有什么变化，周老师却莫名咽了口口水，甚至觉得额头有细密的汗珠。

"周老师，请问竞赛班的事情安排好了吗？"她的声音甚至称得上是悦耳，但是在周老师耳中，却充满了恶意——年级第一是拥有自动进入竞赛班资格的，她来和她打招呼，分明是某种羞辱，"和周老师师生一场，还要感谢周老师的激将法，否则我也不可能取得这么出色的成绩。对了，寒门生名额的事情……"

少女的眉眼勾出一个漂亮的弧度："还要请周老师多费心了。"

少女轻盈后撤半步，转身走到竞赛班老师面前，在对方惜才的眼神里含笑道："陈老师，我想参加国家竞赛。"

陈老师一愣："我明白你的实力，但竞赛到底不同于考试，不如先来竞赛班听听课，之后再说这件事也不迟。距离下次竞赛只有不到一个月的时间了，还是做好准备再去比较好。"

"我可以现在就做几套竞赛的卷子。"容盈盈摇了摇头，"陈老师，我有我的难处，我……很想拿到第一。"

难处和第一结合在一起，有说不出的怪异。陈老师想多问什么，却看出了少女眼中的恳求，她顿了顿，鬼使神差地拿出了卷子。

挑竞赛试卷的时候，陈老师还是起了劝退的心，下意识地拿了最难的几套。

然后，陈老师就经历了一次被容盈盈做题速度和准确率支配的恐惧。

全知全能图书馆的大半内容都已经被容盈盈吸收了，她现在的脑力甚至可以堪比一台小型计算机。对她来说，竞赛题与期中考试题目并没有什么本质上的不同，她依然没有用到草稿纸，以五秒钟一道题的速度匀速答题，做完整套卷子的时候，时间竟然只过去了半小时。

陈老师看呆了，她不甘心地又翻出了一套题，结果这一次，容盈盈比之前更快地做完了。

容盈盈做题的速度和正确率已经吸引了全办公室的人，就连教导主任和校长都被惊动了。他们目瞪口呆地看着这个寒门学生的做题速度，对视的时候，都看到了彼此眼中的激动。

这……这种实力，简直就是内定了这一年竞赛的第一和保送名额！

这种可以为学校带来荣誉的学生，是绝对的宝藏！

"这就给她报名！"校长当场拍了板，"容同学，你想参加哪一门的竞赛？"

"所有科目的。"容盈盈淡淡应道，然后将视线落在了周老师身上。

周老师悚然一惊，她下意识后退，脑中又响起了容盈盈之前的恶魔低语，只好硬着头皮上前："校长，那个……寒门生的事情……"

校长脸色一变，正准备呵斥她什么，却又突然想到面前的容盈盈正是寒门生中的一名，不由得缓和了脸色："有什么事下次再说。"

周老师还没来得及放松下来，就发现容盈盈的目光并没有离开她！她艰难地咽了口口水，继续道："请您重新考虑一下降低寒门生录取率的事情。"

校长没想到这个向来站在贵族一边的周老师竟然突然站到了寒门生一边，他憋着一肚子的火，又不能当着容盈盈的面说什么，只得打太极道："我会再考虑一下的。"

"既然如此，那就拜托校长您了。"容盈盈笑意盎然地接过话头。

电视里播放着奥奖颁奖直播，容盈盈一个人手捧所有学科的奖杯，面前放着奥奖第一的三十万元奖学金，平静地回答着媒体提问："奖学金的用处？要给爸妈治病。有什么愿望？希望我的母校能够收回降低寒门生录取率的想法，毕竟你们淘汰掉的，说不定就是像我一样能够横扫奥奖的天才。"

换成其他任何人，恐怕在说自己是天才的时候，都会不自觉地带上几分傲气。而容盈盈说得如此理所当然，大家也并不觉得意外。

奥赛全科第一，她甚至已经不需要继续念高中了，最高学府的少年班已经当着所有人的面向她递出了橄榄枝，并做出了会妥善安置她病重双亲的承诺。而容盈盈在接受了这样的条件后，似乎觉得以自己现在的水平应该得到更多，于是在为难地思考了片刻后，她在现场借

了一台电脑，行云流水地写了一串代码，展示给了少年班的负责人。

负责人愣神地看了一眼那串代码，眼中的震惊越来越盛，震惊之后，则是盛大的惊喜，他像是看宝贝一样看了容盈盈一眼，飞快地一边将写着代码的笔记本电脑抱到怀里，一边打了个电话。等他再回来的时候，负责人感慨万千地看向容盈盈："后生可畏，后生可畏啊！连泰斗级的关老都非常认可你写的代码，想要亲自见你一面，你可一定要抓住这次机会！事不宜迟，院方已经安排车辆过来了。"

说话间，已经有几辆车低调地开过来，容盈盈在负责人的护送下上车，向着她全新的人生开去。

校长在办公室里烦躁地来回走着，容盈盈在媒体面前引起了这么大的轰动，还当着所有人的面说出了请求学校收回降低寒门生配比决定的事情，他已经骑虎难下了！

不出所料，他的电话很快就响了起来，都是他得罪不起的大人物来过问这件事，很快就将他之前的决定驳回了。

哇！好爽啊！这种完全凭借自己的实力碾压一切的感觉真的不要太好！

太励志了！她到底是怎么做到的？！

在弹幕的疑问中，终于有细心的人拿出了容盈盈在家学习的画面截图，并高倍率放大了，大家终于看清，原来她破烂的书架上放着的那些卷边的书，都是非常高深的编程书籍以及全外文的学术期刊和论文！

我震撼了，这真的就是传说中的天才吧？这一票我投定了。

突然赞同之前某位大佬的话，有这种脑子不去为国家做贡献，在学术圈扬名立万，跑来搞女团做什么？

别的女团候选人都还在校园小甜饼模式，这边容盈盈已经开始全能 ACE 大女主模式了，相比之下，小甜饼突然索然无味了呢……

我突然有一个奇妙的想法，有人截图了她的那段代码吗？会在现实世界里也有用吗？

有这个想法的不只是发弹幕的人，有关部门也注意到了这一点，他们联系了节目负责人，要求拿到那一段溯回的影像，并且要能够看清代码。

MQ 娱乐公司的导演陈如安看着早已失控的剧情，情绪也失控了。

"这到底是怎么回事？！"他暴跳如雷地看着容盈盈稳居第一的票数，"不是设定了她这样的原生家庭是不可能培养出这种优秀人才的吗？"

"心理学研究专家也觉得不可能，按理来说，她是不会偏离剧本的……"

"什么按理来说！"陈如安打断他的话，将手中的剧本猛地甩在地上，"事实就是赞助商们亏了一大笔钱！有关部门还强硬地要影像资料！"

有人小声道："能被有关部门重视，也是一种另类的厉害……"

他噤声在陈如安猛地瞪过来的目光中，他撇了撇嘴，低下头去，重新看向了已经登上热搜的"容盈盈真全能 ACE""容盈盈代码""容盈盈平平无奇打脸天才"这几个标签上，心想自己说的有什么错呢？他甚至有预感，不仅仅是虚拟世界里的走向他们已经无法插手了，等到容盈盈回到现实世界后，恐怕也不是那么好拿捏的。

容盈盈回到学校的时候，身后紧紧跟着两名保镖。她简单地收拾了自己的东西，和大家告了别，最后在众目睽睽之下，站在了欲言又止的明婉仪面前。

"我知道是你。"她冷冷地看着对方的眼睛，"十年前的那个雨夜，我父母被路过的小轿车撞倒，从此失去了自理能力。你父亲肇事逃逸后，只手遮天，甚至删掉了所有的监控录像，你们毁掉了我的家庭，甚至差点毁了我的一生。所以你才在开学认出我以后，格外想要'关照'我。"

明婉仪的脸色瞬间苍白，周围议论声渐起，容盈盈继续道："只是你们没有想到，当时只有五岁的我记住了车牌和肇事人的样子。你们做得非常完美，我没有办法拿出任何证据，但不代表以后我拿不出证据。所以，收起你廉价的同情吧，它让人感到……恶心。"

"我不是……"明婉仪急急忙忙地想要辩解什么，她面前的少女却竖起一只手指，对着她比了一个"嘘"的噤声动作。

"你不会想知道这十年我是在怎样的环境下生存的，也永远都不会理解我对你们的恨意。或许你觉得你对我抱有的善意和愧疚足以让我原谅你，又或许你觉得你父母所做的事情，我不应当迁怒到你身上。"容盈盈看着她，冷冷一笑，"很抱歉，我不原谅。没有经历过我的人生的人，也不配劝我原谅。"

言罢，她转身上了有关部门派来的车，消失在了所有人眼里。明婉仪失魂落魄地站在原地，看着那台黑色的车子远去。

弹幕被这样的真相震到沉默了片刻，然后倏然炸开了锅。

我就知道有隐情！但没想到居然是这样！我要是容盈盈，我也绝不原谅！试想如果容盈盈不是这样的天才，只是和你我一样的普通人呢？那她的一生就活该被毁掉吗？！她本来应该度过无忧无虑的童年，拥有照顾呵护她的父母，每天放学后都有做好的饭菜等着她，只因为明婉仪的父母是只手遮天的贵族，就被剥夺了这一切，甚至无法讨回公道！我好气！！！

我为之前对她的质疑道歉，我怎么也没想到容盈盈的父母卧床居然是明婉仪家造成的，贵族家里这么缺钱吗？他们难道不知道应该为自己做错的事情负责吗？！

呜呜呜呜，心疼她，一想到她五岁就要支撑起整个家，真是忍不住地心酸。

这么好的容盈盈难道不值得大家投出手中的一票吗？这样从逆境中生长出来的花朵难道不值得走花路吗？！

弹幕热议的同时，真人直播秀里的时间线还在不断推进。

主镜头依然是放在校园里的，只是容盈盈走了以后，校园生活就显得无趣。女生之间的扯头花原本一直都是重头戏，但在已经取得了重大成就的容盈盈面前，显得幼稚又无聊。没了容盈盈的镜头，真人直播秀的收视率一跌再跌。

直到这一期接近末尾的时候，容盈盈才终于再次出现在了大家眼前。

她依然是明艳不可方物，自信又平静的样子，少女穿着科研人员的白大褂，有条不紊地跟进着项目。很显然，她已经在科研的道路上走出很远，能够独当一面了。她周围环绕着来自不同国家不同肤色的人，那些年龄分明比她大出许多的组员显然对她非常信任，她的电话不断响起，少女的脸上却没有任何不耐烦之色，游刃有余地解决着各种问题。

这一期真人直播秀就在这样的画面中落下了帷幕。

生态舱的灯光逐渐从蓝色变成了红色，这意味着舱体里的选手们即将苏醒。

容盈盈睁开了眼睛。

按理来说苏醒后，她应当和其他所有人一样，不记得虚拟世界里发生的一切，只能等待结果的宣布。但很显然，重生过一次后，她不仅完全记得之前发生的一切，连全知全能图书馆都一起带到了现实世界。

而全知全能图书馆也飞快地补充了现实世界的各种书籍，这些书籍变成数据，再度沉淀成了属于她的知识。

容盈盈推开生态舱的门，从里面走了出来。

明婉仪一副胜券在握的样子，虽然不知道在真人直播秀里发生了什么，但她家世不凡，早就知道了真人秀剧本的事情，一切都给她打点好了，她确信自己拿到的就是 C 位的剧本。她仪态万千地走出来，却发现一拥而上的记者匆匆掠过了她，向着旁边容盈盈的方向蜂拥而去！跑得慢的几个人甚至还对她露出了鄙夷的神色。

明婉仪：怎么回事？！

狂热的粉丝们早就等在了外面，一见到容盈盈就开始激动地尖叫她的名字，挥舞手中的灯牌："盈盈你值得！你值得最好的一切！！"

导演陈如安脸色黑沉地赶来，飞快地控场，想要赶走那些试图向容盈盈提问的记者，显然是想在消息被容盈盈得知之前，利用信息差逼迫容盈盈与公司签订近乎雪藏的合同。但他的打算很快就被击碎了。

有关部门的车稳稳地停了下来，穿着制服的人从车里走了出来，记者们见到这个阵仗，都精明地让开了道，举起镜头对准这一幕，直觉自己今天可能可以搞到大新闻。

有关部门的负责人停在了容盈盈面前，带着警告意味地看了一眼陈如安，随即温和开口道："容小姐，您在直播真人秀里的表现非常惊人，您写的代码在现实世界也有着非常重要的作用。有关部门希望您能加入国家科研部门，您的才华不应当被埋没。"

他似乎觉得自己说得有点强硬，又压了压语气："当然，容小姐您还年轻，如果想要在娱乐圈闯出一片天地也是可以理解的……只是，容小姐您真的非常适合科研，我们非常诚挚地希望您至少来试一试。或者说，在娱乐圈之外，业余时间来国家科研部门看看也是可以的。"

在一旁听到了这番话的记者们都惊呆了。这可是有关部门！他们谈论的可是国家级的科研部门！

大家都知道容盈盈在虚拟世界里很厉害，没想到她回到现实世界后，有关部门对她的评价竟然有过之而无不及！

容盈盈的脸上却并没有露出什么惊讶，她的唇边浮现出了一个粉丝们都很熟悉的平静微笑，她欣然点头："好啊。"随即，她又像是想起来什么一样，回头冲着陈如安问道，"对了，我能成团吗？"

众目睽睽之下，陈如安当然不能说假话，他脸色黑如锅底，不情不愿地回答："能，还是首发 C 位。"

"真的吗？"容盈盈却反而有点诧异，"可我的剧本……难道不是恶毒女配吗？就和程橙一样……"

"你……你怎么知道？！"一切的发展都太出乎意料，陈如安乱了阵脚。

记者们互相对视一眼，都捕捉到了这句话中的信息量。

"我怎么知道……"容盈盈抬手揉了揉太阳穴，"我也不知道，只是冥冥中有这个感觉，我应当在一个非常落魄的家庭里出身，在繁重的家务和生活的压力下愤世嫉俗，即使考上了好高中，却因为嫉妒女主角的貌美与财富，手段下作，不惜做出一些让人厌恶的举动……"

她越说，陈如安的脸色就越苍白。有不少记者是现场直播的，看直播的观众们越听容盈盈的话，越觉得不对劲。

确实，按照她那样的家庭的正常发展，真的会如她所说的那样。此时，在真人秀里表现不好的选手们的粉丝也已经炸了锅。

我有一个可怕的猜测，我选择的小姐姐平时并不是这个性格，我粉了她六年，她绝不会出错，但她在真人秀里的操作真的让人窒息！难道也是因为有剧本，强行扭转了性格吗？！

细思恐极，那前几期……难道……

所以我以为我房子塌了，但并不尽然吗？这里面另有隐情！

容盈盈点到为止，她脸上适时露出了疑惑，然后摇了摇头："不管怎么说，能够为国家做贡献也是我一直以来的梦想，虽然不知道为什么国家科研部门会看上我，我愿意去试一试。"

她跟着有关部门的人向前走了几步，又像是想起了什么一样，回首展眉，露出了一个灿烂又张扬的笑容，意味深长地说："C 位就留给原本的女主角吧，本来就不应该，也不会属于我，你说呢，陈导？"

她的实力当然就应该是当之无愧的全能 ACE，然而却有剧本逼迫她成为恶毒女配。她夺回了原本属于自己的一切，却又满不在乎地扔了出去。

她只是要证明自己能够做到，不比任何人差。而别人费尽心思也想要得到的位置，对现在的她来说，不过是随手可以抛弃的鸡肋罢了。

"真人秀剧本"的热搜迅速爬上了第一，成了这一日最爆炸的话题，不断有参加过真人秀却因表现不佳而被雪藏的选手站出来，说出了自己一直以来想说又不敢说的猜测和疑虑。

舆论的压力如雪球般越滚越大，MQ 娱乐公司终于顶不住这样的压力，承认了剧本的事情，并道了歉。

MQ 娱乐的股票开始狂跌，陈如安导演也因为这次的事件被彻底辞退，之前的真人秀视频都被重新翻了出来，昔日的真相一点点被挖掘出，公平和正义虽然迟了一些，却总会随着黎明的曙光一起到来。

而那个引发了这一切的少女容盈盈也并没有消失在大家眼中。

她在进入了科研部门后，偶尔会在社交平台晒出一些日常。她既是华国青年一代不可多得的科研人才，同时也是甜美可人的邻家女孩。

她没有以女团C位的方式出道，却获得了更多的热度。

　　不断有媒体、综艺和娱乐节目想邀请她去做嘉宾，但大多数都被容盈盈以"醉心科研，没有时间"的借口推掉了。

　　在某个她一时兴起接受的访谈里，主持人言笑晏晏地说："虽然很老套，但还是想请容小姐先来自我介绍一下。"

　　容盈盈笑着拿过话筒："大家好，我是容盈盈，一个平平无奇的……天才。"

 END ◆

当读心术遇上嘤嘤怪

文/孙异能

"数不清的秘密如蚂蚁啃噬着她的头脑，无法寄托的思念膨胀地要撑开她的心脏。"

当读心术遇上婴儿怪

文 孙异能

迟玉儿上挑着眉梢儿瞄了一眼手里的牌，轻声笑了："不好意思，我又和了。"

桌上的几位太太互相看了看，假意奉承道："太太今天的手气真是太好了！"

迟玉儿微微勾唇，自己哪儿来的运气，不过是读心术罢了。

"太太，先生的电话。"用人走上前低声说。

"烦死个人了！"迟玉儿皱着眉头起身，"冯姨，给各位太太上茶。"

迟玉儿心里跟明镜儿似的，旁人一口一个太太给足了她脸面，但谁又不知道她不过是个偏房，上头还有一位明媒正娶的太太？

她迟玉儿不过是野山鸡插上孔雀翎，在这装模作样。

今天好想吃灌汤包啊！

"喂？"迟玉儿坐在沙发上，斜靠着垫子拿起了听筒。

"在做什么？最近还有什么缺的吗？"程耀从一个语气词就知道迟玉儿心不在焉，无奈地笑笑。

"没什么，闲着无聊找些乐子。昨儿个和郑太太她们喝茶，瞅着她的珍珠项链不错。"迟玉儿冲着阳光看着自己手上的红宝石戒指笑了起来，"或者有什么更新奇的物件也成。"

"行，我知道了。"程耀挂了电话。

程耀纳迟玉儿进门不过是一时头脑发热。白三小姐是他程耀的夫人，人人说起这桩婚事，话里话外都是讽刺。白三小姐婚礼前同情人私奔，结果三个月后被情人抛弃，心如死灰后重新回来履行婚约。而他程耀就是为了权势可以不要尊严再一次欢天喜地操办婚礼的尿包。

"我什么时候进门？"

听听这话，讲理吗？程耀皱着眉头，白家逼婚就算了，这女人怎么回事？

"这位少爷，你不会忘了上周赌马时你信誓旦旦地说，如果我赢了你就跟我姓。"迟玉儿冷声哼道，"不过呢，咱也是讲理的人，入赘倒不必了。"

"这话如何做得了数！"程耀确实记得有这玩笑话，好像当时还被人嬉笑起哄立了字据。

"我也知道你的难处。"迟玉儿心想，这程耀果然就是一个冤大头，此时不坑更待何时，"五百银圆，这事儿就罢了。"

程耀气得牙痒痒，这简直就是狮子大开口，他咬了咬牙说："行！"

"我就说嘛，程先生最会审时度势……"

"我娶你。"

场面一度十分安静，迟玉儿手对着程耀指指点点却一句话也没说出来。她看着一脸狡黠笃定自己会主动撕毁字据的程耀，一口气憋在胸里上不去下不来，于是说："择日不如撞日，我看今天日子就不错。"

那天皇历上写：宜迁坟。

程耀在娶白三小姐前先迎了姨太太进门，人人都说这是程耀给白家脸色看。接着话锋一转，这位姨太太也是惯会使手段的，是不是正房又如何？捷足先登了女主人的位置就算是胜了一局。

而两位当事人却面对面坐在一只烤鸭前。

"我迟玉儿行走江湖十余载，这次算是栽了。"

"呵，那可是五百银圆。"

02

程耀发现迟玉儿的财运未免太好了些，凡是经她手的事情没有不翻着番挣钱的。她空手出门打牌，随随便便就能挣几张票子，去看赛马，随手一指，哪怕那匹马瘸了都能爆冷成为黑马。

于是每天早上出门前，程耀都会坐在迟玉儿床边，拉着她的手以图借运。这副场景在旁人眼中就变成了程家二姨太备受宠爱，每天清晨，程先生都会深情地望着二姨太，并恋恋不舍地握着她的手和她告别。

"滚滚滚，大早上的发什么疯！"迟玉儿又一次被程耀过于炙热的眼神从梦中吓醒，"见过半夜翻墙会情人的，今儿个真算开了眼了，还有早上来请安的。"

"半夜来过,你不知道? 可能睡得像只死猪吧。"程耀一本正经地说。

"对了,夫人可能又要私奔了。"迟玉儿侧着身子同程耀说,"夫人什么都好,就是看男人的眼光太次。"

"那你在家看着点儿东西,别让她把值钱的玩意儿捎带走了。"又道,"次次没走半个月就又哭唧唧回来了,回来就发脾气砸东西。咱家虽说不是什么大富大贵的家庭,但那几个古董还是挺贵的。"

"我都让换了,摆的都是些赝品,不值钱的。"

程耀看了眼迟玉儿,以赝品的价格买回来的正品就只有这位姑奶奶了。

"钱都不是大风刮来的。"

"说得也是,就听个响确实划不来。"

"那我出门了。"程耀俯身亲了一下迟玉儿的额头。

"嗯。"迟玉儿看着程耀出去后呼了一口气,把红彤彤的脸埋进被子。因为一时赌气嫁了人,但好像并不是什么坏事。

"一大清早就这么腻歪人,让我这饱经爱情苦痛的女人怎么活? "白舒瑶忽然拉起迟玉儿的被子,笑嘻嘻地同她说。

"夫人,你又打趣我了。"迟玉儿把被子抢回来。

白舒瑶比迟玉儿还要小上一岁,自小就被送出去留洋,几年前回来后这性子便跳脱得厉害,满脑子新鲜思想,人人都说白三小姐被洋人洗脑了。

"天天被人叫夫人,感觉至少老了十岁,连你也这个样子。"白舒瑶笑着,她心里对迟玉儿的感情很复杂,因着迟玉儿的缘故,圈子里的人没少讽刺她。但她也明白,或许自己才是那个插足者。她是因为家世才压了迟玉儿一头，她本身对程耀没有感情，只是嫉妒二人之间的感情，这屋里只有她像一个外人。

迟玉儿看着白舒瑶脸色微变，便明白她心里对自己的存在还是有芥蒂的。包办婚姻的多了去了，没有感情的夫妇也多，但哪个能容忍丈夫的偏室越过自己的身份？

"先生说今晚的酒会让夫人您一同出席。"迟玉儿说着，"他说这次的酒会都是些大人物，我去了怕是会添乱。"

"他总是小心过头了。"白舒瑶脸色好看了许多。

迟玉儿面上温温和和地笑着，但眼底露出的都是冷漠。她听见了白舒瑶的心声，那个声音说：终究是一只上不得台面的麻雀。

03

"玉儿，今天爹带你去集市，想买什么买什么。"

十岁那年的冬天早上，迟玉儿的爹笑着拉着迟玉儿的手。

只要把你这个小丫头卖了，买完年货还能给我两个儿子裁衣服。

"为什么不带哥哥和弟弟去？"迟玉儿问。

"玉儿最乖，只带玉儿去。"

你和老子的两个儿子能相提并论吗？赔钱货！

"娘呢？我去问问娘缺什么。"迟玉儿转身就要去找她娘，她爹对她心狠得像石头，打从能听见别人的心声开始，她就从她爹那儿听遍了各种恶毒的词。

"玉儿别磨磨蹭蹭的，快同你爹走。"迟玉儿的娘背过身低声说。

玉儿别怪娘心狠，这吃不饱饭的世道女子本就是一件物品。

那一刻，迟玉儿的心凉透了，但她依旧装作天真快乐一无所知的样子和她爹去了集市。知道又如何？即便是此时她逃了，也不过是冻死在这挂满红灯笼的街头。

迟玉儿安安静静地跟着赌场的人离开，她没有忍住，回了头，想看看到了最后她爹有没有舍不得。果然是她想多了，她爹的脚步甚至都没稍微沉重那么一点儿。

后来，她凭着读心的能力在赌场察言观色，日子也逐渐混了下去，偶尔被心思不正的人叫去赌两把，也能保住自身。她把握好了那个被人怀疑的度，赢六输四，使她看起来只是个运气好的小丫头。再后来便是和程耀赌马，她本想捞一笔大的就离开这里，结果碰上个小气鬼，一时气急胡言乱语做了人家姨太太。

而她自然是能听见程耀心里一些乱七八糟的小九九。

财神爷在上，保佑我今天开门大吉！

程耀日日早上坐在迟玉儿床边握住她的手都是这套说辞。

嘿嘿嘿，半夜来抱我香香又软软的媳妇啦。

心疼死我了，上回白舒瑶私奔时顺走的翡翠花瓶里可藏着我半年的私房钱。

今天出门前又趁媳妇没睡醒偷偷亲了她，我媳妇天下第一可爱！

迟玉儿次次都捂着小鹿乱撞的心脏，心口不一的男人杀伤力也太大了。很多时候，程耀表面看似风平浪静，沉稳冷静，事实上心里却完全不是这样。

嘤嘤嘤，那帮倚老卖老的混蛋又欺负我。

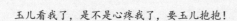

玉儿看我了，是不是心疼我了，要玉儿抱抱！

迟玉儿也恨自己意志力不坚定，被"嘤嘤嘤"得糟心，只能装作很自然地靠过去挽着程耀的胳膊。

然后，程耀基本就是给点阳光就灿烂，搂肩摸腰拉手一气呵成。

迟玉儿也想过，为什么程耀会喜欢自己但对白舒瑶却冷冷淡淡，名义上两个人都是程耀的妻子，于是有一天她便试探："是不是也偶尔去夫人那边看看？总在我这里不合适。"

"不用，互惠互利而已，她离开也是迟早的事。"程耀偏过头看了看迟玉儿，突然意识到了什么，义正词严地教育她，"别被那女人的自由恋爱洗脑……不对不对，我们就是自由恋爱，缘分到了挡也挡不住。"

我就知道白舒瑶那女的没安好心，自己嫁不出去拉我下水，现在还要骗我媳妇走。

"没，我就听人家讲，做小的不能因着妒忌不识大体。"迟玉儿靠在程耀肩膀上笑了笑。

"呸，你怎么能是小老婆，咱们是登了报的！"程耀说着便翻着抽屉拿出一张报纸，在报纸不起眼的版面有着细细的一条，上面登的都是今日结婚的声明。

"你怎么不给我看？"

"因为当初咱俩不是置气……啊！结婚证我都有！"程耀从抽屉里又翻出结婚证，"因着和白舒瑶假结婚，当时没办婚礼，但咱俩的手续是正规的。"

迟玉儿的眼泪止不住往下流，她甚至都没意识到，因为太久没哭过，她早忘记了这种感觉。被父母卖给赌场的时候她没哭，干活出了错被

打的时候她没哭,因着当人姨太太遭人非议的时候她也没哭……

"你怎么哭了?婚礼我之后给你补还不行吗?就照着娶仙女的造势来。"程耀用自己的袖子胡乱地给迟玉儿抹眼泪。

迟玉儿抬起头慢慢止住眼泪,眼角微红,闪着水光的眼眸认真看着程耀:"谢谢你。"

啊,真可爱,想亲。

迟玉儿因程耀这心里突如其来的骚话愣了一下。

"玉儿?"

"我可以亲你吗?"迟玉儿攀着程耀的肩膀轻声问,这话一出口耳朵就红透了。

"不好吧,这还在客厅呢。"程耀矜持道。

啊啊啊啊啊!可以,可以!我可以!

迟玉儿叹了口气,她摸了摸程耀的脸,还是慢慢靠近了他的唇。这么心口不一,难怪坑了个媳妇都要偷摸把手续办全,这是怕跑了啊!

04

程耀最近陷入了爱情,玉儿对自己不像之前那么冷淡了,偶尔还会和自己开个玩笑,然后就捂着嘴笑倒在自己怀里。程耀是做海货生意起家,从小在船上长大,无父无母但船长对他视如己出,也算没心没肺地长大了。总听船上的水手说,攒够老婆本就上岸去,他以前觉得大丈夫不应如此没抱负,现在真是啪啪打脸。

真烦,又要去码头看生意,不想去,想和玉儿在一起。

"喂，别抱着我了，快起床。"迟玉儿推了推程耀，"你要是不出去挣钱，我可就只能傍别的男人了。"

呸呸呸，不吉利的话老天爷您可不能听。

程耀依旧一脸正色，实际满肚子叽叽歪歪，但在迟玉儿的左哄右哄下，好歹还是人模狗样地出门了。只是那天早上离开后，程耀没有回来，这个人突然就在这个滨海城市消失了。

"我听我哥说，程耀惹上不该惹的人了。"白舒瑶坐在沙发上，手里的香烟明明暗暗，"你应该知道，程耀和白家不过是因着利益绑在一起，而我就是那根绳子。按道理，一个乡野村夫怎么都配不上给我当夫婿，别说是下嫁，就是入赘我都不够资格。"

迟玉儿讨厌烟味，于是起身打开了窗户，并没有搭话。

"可他就是有着别人弄不来的货源，而白家想拉拢他，不过是为了一条小供货链，左右不过是白家一年两成不到的买卖，但我爸就是把我卖了。我以为爸爸送我留洋学习，是因为在他心里我和其他姐妹不同，以为我可以和我兄弟一样。"白舒瑶哑着嗓子笑了笑。

"女子生到这世道，本就是件物品。"迟玉儿看了看白舒瑶，"我娘说的，在我被卖的时候。"

"我刚从法国回来的时候，我以为这世界就像我曾经看见的一般大。后来发现，我的世界不过是商店的橱窗，别人摆什么我看什么，看见了还有可能得不到。"白舒瑶低着头沉默，然后突然想起什么，发出粲然的笑声。

他们还说我有病，给我打针吃药，就因为我爱上了一个不该爱的人。

迟玉儿猛然抬头，神色复杂地盯着白舒瑶。她没想知道这种秘密，它过于隐秘和可怕。

"你要走吗？"迟玉儿缓缓开口，"你不和她走吗？"

白舒瑶摇头："逃不掉的，商品怎么可以逃。"她看向迟玉儿，"倒是你，不走吗？"

"他早上说过会回来和我一起吃饭，还会买我最喜欢的点心，我会在这里等他。"迟玉儿笑了，眼睛弯弯的。

"他会回来的。"白舒瑶看着迟玉儿也跟着笑了。她也说过会等我回来，所以我一定会去见她，而程耀也一定会回来见你。

白舒瑶的灵魂高傲勇敢，浪漫自由，甚至有些壮烈。在她再一次被白家当做筹码出嫁时，她偷偷登上了去法国的邮轮。而在白家的人又一次想要强行带回她时，她站在船的栏杆外，绿色绸缎做的裙子振翅高飞。

"愿我的骨肉血液与灵魂融入大海，愿我的歌声呢喃与告白融入风暴……"随后她一跃而下，躯体被船的螺旋桨搅碎。

愿我所爱之人都可以忘记我，愿下辈子不要做女儿。

迟玉儿站在海边，抿紧嘴巴，她多希望自己听不见这些绝望的话，多希望自己能被谎言欺瞒一辈子，多希望不知道程耀爱的是自己。

这样活着会不会轻松一点？

05

迟玉儿逐渐明白，也许程耀真的不会回来了，就像那个再也等不到白舒瑶的人。她问了很多人，就算知道程耀死了也好，她总怕自己做了一场荒唐的美梦，只不过是自己感动了自己。

"我想知道程耀的下落，求白先生您帮帮我，看在程耀和白三小姐夫妻一场的情分上。"

"我真的不知道。"白舒宇揉了揉眉心，"他俩怕是也没什么情分。"

"难道白先生要看着我和白三小姐走上同样的路吗？"迟玉儿有赌的成分在里面，显然她赌对了。

白舒宇想了想，选择了一个不太激烈的措辞："程耀回不来了。"

被捅了十多刀后抛进大海的人要如何活，那帮人哪有良心……

迟玉儿的嘴唇哆嗦着，她眼中的光灭了，她慢慢转身离开。

上流圈子的人最近谈的最多的就是程耀——刚刚娶了白三小姐搭上顺风船却偏偏惹上了是非，现在是活不见人死不见尸。白家准备让三小姐再婚，不出所料又来了一出逃婚的戏码，但这回结尾不是以闹剧收场，而是一场悲剧。

据说备受程耀宠爱的二姨太太则身陷债务之中，程耀曾经的合作伙伴如今都成了仇人，不仅夺走公司控制权，吞掉了程耀大部分私产，还找了三教九流的人意图将其存在彻底抹去。

"太太，这可怎么办？"冯姨听着巨大的砸门声夹杂着本地口音的辱骂看向坐在沙发上的迟玉儿。

"不过是群强盗罢了，程耀断不可能去碰高利贷，趁火打劫。"迟玉儿摸向香烟盒，却发现是空的。最讨厌香烟的迟玉儿如今却依赖上了这种东西，通过麻痹自己的感觉来屏蔽掉脑海中不断如浪潮般涌来的他人的心声，满是嘲讽与怜悯。

真可怜，硬守着名节不如再嫁给其他暴发户，图个安稳日子。

以为麻雀变凤凰，到头来一场空。装着一副清高模样，给人做小

的谁不知道是什么货色。

随着冯姨一声尖叫，一扇欧式彩色玻璃被石头砸碎，碎片崩到迟玉儿的脚边，她看都没看碎掉的玻璃一眼。

几日后，紧闭数月的程家大门重新打开，在众人的惊诧下，程耀的二姨太迟玉儿用房契进行了一场豪赌，以赢得的三千银圆付清了那并不存在的高利贷。

迟玉儿以光鲜亮丽的姿态重新回到了富太太贵小姐的圈子，游走在社交界中，笑着喝香槟，听着这里最阴暗的秘密，然后衡量着这些秘密的价格，再贩卖这些秘密。

三年后，写满某个惊天秘密的报纸在大街小巷流传，短短几个月，被牵连的各大家族便迅速没落。这群人恨得牙根痒痒，都道是窝里出了叛变的狗，否则这些烂到肚子里的隐秘事是如何让人发现的。

"哎哟哟，你们是不知道那个家的老爷……不讲了不讲了，我说了都怕烂嘴巴。"

"赵太太，打牌便好好打牌。"迟玉儿摸了摸刚抓到手里的牌的花纹，"幺鸡，和了。"

"不打啦，不打啦，今天手气不好。"赵太太气哄哄地拿起小包作势要走。

"赵太太，您都赢了大家好些了，我们连喝茶的钱都快被您赢光啦！"迟玉儿笑着拉住赵太太，"今天我也赢了不少，茶点我埋单。"

赵太太本就是拿捏着姿态，顺着台阶也便下来了。

"程太太，当初我母亲说您是个极其聪明的人，我是不信的，但今天同你打过牌我便知道了。"赵太太喝过茶后留住迟玉儿说了几句话。

"小聪明而已。"迟玉儿知道对方看出来自己的牌路。

"很多人都想讨好我,但你是尺度捏得最好的,就像知道我是如何想的一样。"赵太太盯着迟玉儿看了看,"如果不是知道你丈夫三年来杳无音信,我还以为你是为了城东码头的事儿来的,让我吹枕边风。"

"的确有所求,但不过是想让赵太太帮我打听一下最近城东码头有没有这个人。"迟玉儿拿出一张照片,"我那日仿佛看见他了,又或是癔症犯了。"

赵太太犹豫了片刻,说了声"好"。

06

轻微的断裂声,珍珠瓣里啪啦地落在地板上,迟玉儿慌张地跪到地上去抓,最后却还是丢了一颗。她无力地叹气抬头,却猛然看见镜子里的自己一脸颓唐的模样。

时间从不为谁驻留,也格外厌恶年轻的女人。朱颜转瞬即逝,比男人变心都快。

"太太,出了什么事?"冯姨敲了敲迟玉儿的门,

"无事。"迟玉儿把一捧珍珠丢进了窗台上的茉莉花花盆中,"他送的项链断了而已。"

迟玉儿脱下高跟鞋踩着红色天鹅绒的椅子站到了窗台上,黑色微卷的长发随着夜风飞舞,她看着天上的弦月露出痴迷的眼神。数不清的秘密如蚂蚁啃噬着她的头脑,无法寄托的思念膨胀地要撑开她的心脏。

读心术从不是一件来自上天的礼物,更像是一个诅咒。让她无法

避免地去讨好迎合身边的人，无法信任任何人，处处要小心翼翼不可祸从口出。

她想要逃离社交圈，可远离了人群的她便没有办法活下去，她需要钱。她不仅要支撑这个宅子的开销，更要撒钱像流水般付给那些私家侦探，都是为一个可能早就不存在的人。

她的人生停滞在那个人离开的那天，无法再向前。春风、夏花、秋叶、冬雪，一轮又一轮，她守在这个房子里等着那个人回来。

街区所有的邻居都搬走的时候，他没回来；一场大火烧毁这幢房子的时候，他没回来；炮火蔓延在这片土地的时候，他还是没回来。

"太太，上船吧！"冯姨拉了拉迟玉儿，二人穿着掉色的棉布衣裳，和一群难民挤在一起要搭上这最后的邮轮，哪怕不知目的地。

"我爱你！"迟玉儿眼神一亮，突然向岸上招手，她哭喊着，"我怕你不知道，我要告诉你。"

迟玉儿见过无数误会与错过，明明心里已经说了无数次，但如果不用语言说出来便无法被对方知晓。

"我爱你！"

"我爱你！"但是，"再见了！"

我也爱你。

迟玉儿仿佛听见风中有一个人的心声传过来，似他又不似他。

VOICE

文/墨追

"人心多变，总是难以揣测千种欲念。但比起左右他人，似乎坚守自己才是更重要的事情。"

VOICE

///////// 文 ▶ 墨追

◆❖①❖◆

转眼就到了深秋时节，晚风中带着肃杀的气氛，周围的稀星都被明亮的月光掩得失去了光彩。深夜的大街上人迹罕至，连落叶都见不到几片。

安然裹紧身上的衣服快步往家走，下地铁后还得走上十几分钟，这儿距离市区太远了。要不是因为房租便宜，料谁也不会住在这种偏远的郊区。

没办法，谁叫她只是个刚毕业没多久且囊中羞涩的新人呢。

回家的必经之路上得穿过一个天桥的桥洞，那里时常有流浪汉打着地铺过夜，见人来了便昂起头，露出伺机而动的目光。安然实在不情愿从这些人身边经过，所以更加快了脚步，试图闭着眼冲过这道防线。

"小姑娘，欸，小姑娘！"

抱歉，这儿只卖黑啤！

有个沙哑的声音在她身后小声地呼喊，安然回过头，一个胡子拉碴的老头眯着眼，让人猜不出年龄。他蹲坐在八卦图样的破旧地毯上招手，示意夜行人停一停脚步。

"我看你骨骼精奇……"

安然转身就要走，结果老头"腾"地站起身一把揪住了她的袖子。

"我有个宝贝能保你升官发财……"

他摊开手心，掌中是一枚月牙状的挂坠。那挂坠幽幽地泛着绿光，在漆黑的夜幕中显得格外诡异。

安然像被蛊惑了一般接了过来，手一握到挂坠的瞬间，耳边就响起了嗡嗡的声响，有个声音反复呢喃着：快买，快买。

她呆了一秒，怀疑是不是自己的错觉。

"怎么样？见你挺识货的。"老头伸出一只手比了个数字，"有缘人，六百。"

"给你二十不用找了。"

安然从兜里抽出一张皱巴巴的纸钞塞到老头手里，然后把东西揣进口袋快步离开了。老头在后面"哎哎"地喊着，但没有追上去。

昨晚可真是……鬼使神差。

安然抚着额，坐在工位上唉声叹气。怎么就脑子一热买了这么一个无用的东西？大约是被那句"升官发财"给迷惑了，白白损失二十大洋。她把东西提到眼前转来转去，无心地挂到了脖子上。

"小姑娘，把这份资料复印一份送到我办公室。"浓妆艳抹的部门主管敲了敲她的桌面，丢了叠文件的同时还搁了个瓷杯，"哦，再泡杯手磨咖啡。要一勺半蜂蜜，不要奶精，六十度热水冲开。

"给你十分钟。"

安然一手抱着沉重的双份资料，一手捧着滚烫的茶杯，摇摇晃晃地用手肘推开门走进办公室。

满脸春色的主管正在压着嗓子打电话，见有人来了，迅速挂断手机，收起笑容，对着满头是汗的新人发火。

"不知道进屋前应该先敲门？一点规矩都不懂。"

我也想啊。可我实在是没有手了。

安然在心里吐槽，但面上还是恭恭敬敬地说了声对不起，小心翼翼地将东西放到桌上。

"你挂的那是什么？"主管皱起了眉，"公司禁止佩戴夸张饰品。"

"这个是……"安然忙把悬在胸前的挂坠塞进领口，贴在皮肤上的冰凉触感使她打了个哆嗦，"我一定注意。"

指甲鲜红的主管眼睛也不抬地打发她出去，在转身的瞬间，安然听到了微弱但熟悉的声音。

唉，傻呆呆的。

"您刚才说什么？"

她回过头，主管露出震惊的神色。

这家伙在说什么？

安然的脑子"嗡"了一下，她明明听到了主管那奚落的声音，但面前的女人，很明显连嘴都没有张开。

两个人大眼瞪小眼地对望着，谁都没说话。

她不会听到了吧？

脸色越来越难看的女人放下了手上的东西，安然一看势头不好，赶紧抽身离开。回到工位上坐下的时候，她的心脏还在胸腔里剧烈地狂跳。

"喂，你怎么了？"

"什么？"安然猛地抬头，把眼前的同事吓得不轻。

"你脸都白了。"何音拉了个椅子坐到她旁边，伸出手背探了探朋友的额头。

不会发烧了吧。

"我没发烧。"安然下意识地回答，却看见何音瞪大了眼睛。

"我还没问呢你就抢答了，你现在怎么这么聪明啊，小安然？"

安然的脑子再次"嗡"了一遍，她终于捕捉到刚才的违和之处是什么了。

"你你你……你再想点什么，快！"

"你怎么了……"何音哭笑不得，但还是抿着嘴做出了思考的表情。

安然的刘海该剪了。

"你在想我的刘海该剪了。"

"哇！你是背着我学了什么微表情观察术吗？"何音像小女孩一样鼓掌，"还是你突然有了什么特异功能？"

安然口干舌燥地摇摇头，双膝发软地往洗手间走去："我……我去个厕所。"

怎么股票又跌了，唉。

我受够了，我明天就要辞职。

外卖吃什么呢……

猫好可爱！

短短的十几米路程，整间屋子里好像有一群人在热切交谈，只是他们各说各话，谁也不搭理谁。

这是当然的，因为实际上，此刻的办公室里鸦雀无声。

安然听到的，是所有人心里的声音。

◆ 0 3 ◆

"你今天看上去怪怪的。"何音咕噜咕噜地吸着牛奶，转头盯着神情僵硬的同伴，"没睡好吗？"

安然呆滞地盯着前方，她们并排坐在露台的藤编椅子上。现在是午餐时间，有好多人在楼下来来回回地走动。

"安然？"

"哦……我没事。"

但对方明显是不信的样子，安然把面包咽下，这是在地铁口的面包店买的打折商品——多是一天结束后卖不出去的东西。

"何音，我问你。假如突然有一天，你发现自己能听见别人心里的声音，你会……怎么做？"

何音歪着脑袋，怔怔地看了她一会儿，然后恍然大悟地"啊"了一声。

"你是说最近那部很火的韩剧啊……"她努着嘴嗯了老半天，竭力做出思考状，"我大概……会去听暗恋的人的心声吧。听听他在想什么，有没有喜欢的人。"

不愧是大小姐的思维，安然叹气。何音家境优渥，从小不必为温饱所奔波。就算进了公司工作，也只是体验生活。不像她，是真的把仅有的这份工作当救命稻草，紧紧握在手里。

所以两个人考虑的方向自然是不一样的。

"你呢？"

安然一下没反应过来，她现在脑子里一团乱麻，有无数理智和不理智的念头在一起疯狂打架，得花上好一阵儿工夫才能找出个线头来。她摇摇头，再次叹了口气。

"你们在这儿呢。"

一个好听的男声响起，两个女孩儿不约而同地抬起头，高大的身影挡住了她们面前的阳光。

"下午要开公司大会，别迟到了。"

"好的，禹总。"何音反应快一些，用甜甜的嗓音回答。

安然目送着男人离去的背影，一回头，果不其然看到何音的双颊绯红。也难怪，年纪轻轻就当上了总裁，亲民又和善，还是单身贵族，全公司上下几乎所有的年轻姑娘都在暗恋他。

禹皓，人如其名，温润如玉，星河浩荡。

"要是我有这种本事，一定第一个去听他的心声！"何音还望着禹皓离去的方向，满眼闪着星星。

安然隔着衣服捏了捏口袋中的挂坠，没有说话。

和总裁恋爱？那是像何音这样的富家千金才敢挂在嘴边的事情。

她？想都不敢想。

到了下班的时间，何音和一众同事们热烈讨论着去哪里聚餐。安然婉谢了她们的邀约——这个月的房租还没付呢，哪儿来消遣的余地。

她披上外套，用已经起球的围巾裹住脸颊和耳朵，半张脸的表情都被隐在黑色口罩之下。室外的温度又下降了一些，转眼已是冬天的气氛。

"走过路过不要错过！

"奖池累积——人人有奖——

"特等奖金额——

"一百万！"

安然不自觉地停下了脚步，望向那些噪音的来源。原来是一家新开的商场，正在做酬宾活动。门口围了好多人，多是大叔大妈，他们叽叽喳喳地讨论着，热闹程度堪比国庆现场。

她站到人群外围，踮起脚尖看着里面的人如何操作。

是一台小小的机器，很像打字机，只不过输入的不是字母而是数字。

"一到一百万中，任意输入一个数字！只要你猜中了，奖金就是你的！"司仪还在热情洋溢地呐喊。

安然是不信这种投机取巧机会的，只是此刻想转身走已不太可能，她身后已经围了更多的人，把她牢牢锁在了中央。

"每个人都有机会！"

在推搡中，她手里不知何时多了一张号码牌。原来在输入数字前，还要经由司仪亲手抽选出十名幸运观众才能参与。参与过的叔叔阿姨多是抽中了一桶橄榄油之类的安慰奖，有一位中了一千元的一等奖。

敢把特等奖的金额设定成一百万，想必组委会是料定了没有人会运气这么好，偏偏输入了最重要的那个数字。今天已经抽出了九位，只剩下最后一个名额。

　　"573号，573号幸运观众在吗？

　　"机不可失时不再来，5——7——3——号——"

　　司仪佯装不死心地拖长了声调，大有再喊两遍就作罢的意思。安然不经意举起手里的号码牌看了看，慌忙举起手，用小小的声音结结巴巴地喊道："是……是我！"

　　所有人的目光都聚集到了这个瘦弱的小姑娘身上。

　　"好的！最后一位幸运观众！愿好运降临于你！"司仪振臂高呼，招呼她上台。

　　安然把手插在口袋里，竭力挤过人群往台上走。

　　"不要慌，慢慢来，输入你想要的数字就可以了。"

　　安然舔了舔干裂的嘴唇，左手在口袋中紧紧捏着挂坠。

　　会有用吗？会有什么线索吗？

　　试试看嘛，就当许愿了。

　　她沉下心来，闭上眼细心倾听周围的声音。

　　哎呀，没戏的。

　　肯定是骗人的啦，走了走了。

　　搞不好没有一百万哦，幌子而已。

　　7082……

　　在所有刺耳的声音中，她艰难分辨出了一个微弱的声音，反反复复念叨着，像在念一句咒语。

安然抬起头看着司仪，这个精明的男人脸上，隐隐透着一股紧张。

不是 7082。

千万不要输……7082。

是他的心声。

安然深吸了一口气，控制着颤抖的指尖。

7，0，8，2。

她坚定地输入了这几个数字，仿佛害怕似的往后退了一步，随后是几秒近乎令人窒息的等待。

砰！

几道礼花从周围应声腾空，数字机的背后也缓缓升起一枚小小的红旗。

"恭喜您，获得了此次活动的特等奖！奖金是，一百万。"

人群先是陷入了死寂，随后立刻爆发出惊天动地的喊声和掌声。安然不敢回头看所有人的脸，她小心地转过头，司仪的脸上是比哭还难看的笑容。

"祝……祝贺您，您真是……太幸运了。"

他掏出手帕擦擦汗，走过来与安然握手，他的胳膊不住地哆嗦。

"但是税还是得您自己掏。"

在还没反应过来的时候，安然就被礼仪小姐簇拥着，一路走进了一间办公室，一个像财务人员的女士手脚麻利地开了张支票，说三日内去银行办理提取就好。

门口看完了热闹的观众们已经一哄而散，街上空空荡荡。

安然捏着手里的支票，脑子里还在轰然作响。

我有……一百万了？

确切地说，是八十万，在交付完必要的个税之后。

首先她可以换个离公司比较近的房子，不必每天五点半起床挤地铁。

工作餐也能换成比较有营养的新鲜食物，再也不用吃临近保质期的干面包。

或许还应该咨询下搞金融的朋友，买点什么理财产品。

虽然不至于立刻就辞职不干，但应该先享受一阵儿生活？

安然心不在焉地在键盘上敲敲打打，手机屏幕停留在一个网购页面。那是已经物色了好久的一个大牌最普通款的手提包，不算太昂贵的奢侈品，但两千的标价还是劝退了她无数次。

她过去想着，攒半年的工资也不知能不能买得起，现在不一样了。不过，过惯了省吃俭用的日子，冷不丁一下有了这么多钱，她一时还真不知该怎么办。

"上班时间严禁网购。"

不知从哪里冒出来的部门主管又堵到了安然面前，用两厘米长的指甲敲着桌面。她依旧把一摞重得吓人的资料砸到安然桌上，脸上带着天经地义的表情。

当然，还有那个熟悉的瓷杯。

安然盯着那摞东西，原本在心底的厌恶有些按捺不住——为什么总把这种打杂的活儿交给我？且不说日复一日打印资料这类没有技术含量的活儿，至少端茶送水不是她分内的工作。

明明那个女人自己的办公室离茶水间只有一步之遥，却总是刻意绕整个屋子一大圈，把杯子敲在最角落的员工的桌上。

"习惯就好啦。那个女人对谁都这样，最爱欺负新人。"早入职几年的前辈小声地在安然身边说，嗓子压得很低。

"她过去几年的业绩确实不错，所以高层也睁只眼闭只眼。但据说这两年是不行了，已经连着三个季度亏损了不少，甚至低于隔壁家六个百分点，我上次还听说高层打算换人呢。"

隔壁家，公司内的统称。是指同行的对家公司，一直以来和安然的公司都是竞争关系。

安然似懂非懂地点点头，脑海里浮现出上次主管被撞见打电话时惊恐的表情。

她拿起杯子，像往常一样向茶水间走去。

这么神奇的挂坠，还能做些什么呢？

最近公司的大会开得特别勤，而今天，禹皓也出现在了会议上。

"这个季度的营销额也比上个季度下降了不少，希望大家都能总结经验教训，找找自己和团队的原因。"

总经理把报表递到总裁手上，禹皓面无表情地一页页翻看，而后轻飘飘地放到了桌上。

"这话，我只在今天说，是因为我把大家当自己人。"禹皓用指尖敲了敲桌子，第一次露出了不好看的脸色，"我们的产品设计初稿，是发在内部局域网上的，谁都可以看到。

　　"而隔壁家公司，是看不到的。

　　"但是近期这段时间以来，频频出现他们比我们快一步生产出与我们类似产品的事情。

　　"我不愿意怀疑任何一位员工，也不会——去清查大家的记录。

　　"但纸是包不住火的。"

　　安然打了个寒噤，禹皓的言下之意，虽不至于是明明白白的威胁，但至少也是个信号。

　　公司内部有人耐不住了，身在曹营心在汉。

　　"做了不该做的事，别说这家公司，整个行业都容不下这样的人。"

　　好不容易挨到下班的时间，安然第一次接受了同事们的聚餐邀请。可惜的是，何音说家里有事要先走一步，没能和大家一起去玩。

　　"去哪儿啊，上次那家都吃厌了。"

　　"查查附近有什么好吃的火锅吧，冬天就是该吃火锅！"

　　安然是个好脾性的人，对这类事也不挑。同事们围在座位上热切讨论，她决定在离开公司前先去下洗手间。

　　年轻人总是很快就下班走人，不爱在公司多待一分钟。安然上完厕所出来洗手的时候，在镜子里看到还有一个隔间是关闭着的。

　　是谁呢？谁还留在这没有下班。

　　"岳阳路……168 号……"

　　安然愣了一下，这个声音……是部门主管的。

"今晚七点……人事部主管……"

她在说什么？人事部主管？

抱着疑惑回到同事中间，安然默默打开手机，搜索"岳阳路168号"这个地址，那正好是一家评分还不错的私房火锅店。

"那个……要不我们去这家试试？"

她小声地提议，把手机举给同事们看。大家轮流浏览了一遍，一致决定立刻出发。

安然盯着手机，心情有些复杂。

这是家叫"灵岛"的餐厅，从外表看完全不像一家火锅店，里面也是安宁又优雅，连座位都用竹制的镂空屏风隔绝开来，看不到每位食客具体的面容。

安然默不作声地坐在座位上，初次融入这个小团队所引发的紧张只是一部分，她更在意的是另一件事。

店门口的顾客来来去去，谈话声与心声交织在一起。各种高高低低的音调像不和谐的交响乐一般此起彼伏，充斥在脑海里如同一万只蜜蜂在嗡嗡作响。

"哎呀你的新围巾真好看，一定很贵吧。"

肯定是假货，她才不会买正品。

"没有啦，也就三千多而已。不贵的。"

三千多你也买不起。

"大家想吃点什么？我们点几份肥牛？"

少点几份吧，我这个月快没钱了，呜呜呜。

"我们一会儿还去唱歌吗？"

拜托，赶紧结束各回各家好吗，我要回去撸猫啊。

安然一边听着同事们亲昵的交谈，一边窥探着她们真实的内心。原来人的外表和内里能有如此截然不同的差别，她再一次感慨着人心的复杂性。

"安然你怎么不说话，是嫌我们太吵了吗？"

有个性子直爽的姐姐大大咧咧地问，所有人的目光瞬间集中到了这个新加入的小姑娘身上。

"不……不是……"安然手足无措地解释着，她不擅长应对这样的场合，更何况最要好的朋友何音还不在，"我只是在发呆……"

"还真被何音说中了。"另一个姐姐点头，"她说你天性善良，总是一个人闷着发呆，也不知道在想什么。"

"何音今天不来真是可惜了，这家店生意这么好，一定做得很好吃。"

"说不定人家小姑娘是谈恋爱了，谁还跟我们这群老阿姨一起厮混哦。"

几个女人大笑起来，安然心里有点苦涩，但也并没有嫉妒的情绪。这是正常的嘛，何音这样的白富美，追她的人肯定都排到三环之外。

说不定今天就是在和那个人约会……

安然被自己的想法吓了一跳，抬起头的瞬间，正好看到穿着一身灰色风衣、戴着口罩走进大门的部门主管。

她赶紧低下头，不与她对视。还好主管也没有往这边看，而是径自往角落的座位走去。

同事姐姐们还在聊一些有的没的的话题，从偶像剧到护肤品，多是女人间日常的内容。安然犹豫再三，终于鼓起勇气挑起了其他话题。

"那个……你们是……怎么看待部门主管的？"

几个刚才还在高谈阔论的女人瞬间收了声，大家你看看我我看看你，谁都没有先说话。

糟了。在工作场合之外议论上级是大忌。安然立刻就后悔了，连忙打着哈哈想糊弄过去。

"我就是……哈哈，随口提一句，没有别的意思……"

"她今天又让你给她打杂了吧。"扎着高马尾的姐姐体贴地点点头，"也难怪你会往心里去。全公司那么多部门，只有她不愿意招实习生，所有杂活都交给正式入职的新人干，好像工资是她发似的，一秒都不让你闲着。"

"你们这还算好的，我当年入职的时候，可是连打扫厕所这种事都做过。都不用请保洁阿姨了，还给公司省一笔费用。"

……

几个同事越说越气，越说越来劲，最后什么大大小小的往事都被翻了出来。安然松了口气，至少在这一点上大家的态度还是一致的，她并没有捅了马蜂窝。

菜终于上齐了，大家轮流去拿调料。这时，其中一个同事姐姐飞快地跑回座位坐下，满脸是压抑不住的八卦表情。

"你们猜我见到谁了？"

"谁啊？"

"你们绝对猜不到。"

"快说啊，别卖关子。"

"是我们的部门主管，和……和隔壁家的人事部主管！他们两在一块儿吃饭呢！"

"什么！在哪儿？我去看看！"

几个明显不肯放过这个八卦的姐姐轮流离开座位往餐厅转了一圈，回来之后，每个人脸上都是恍然大悟的表情。

我说呢，谁能有这么大的胆子出卖公司内部资料。

我早看出来她心有不轨，大概想跳槽已经很久了吧。

这下可抓到把柄了，看我怎么报之前的仇。

安然默默地喝着水，佯装对如此劲爆的新闻没有兴趣。她默默松开了捏在手心的挂坠，将它悄无声息地放回口袋里。

热腾腾的火锅咕噜咕噜地冒着热气，整间屋子弥漫着怡人的食物香味。而每个人的内心，都像这个火锅一样，看似热情，实际却沉着不可告人的秘密。

安然今天稍稍迟了一些，但也没有超过打卡的时间。在走进工作间的时候，她明显感受到了与往日不同的气氛。所有人都紧盯着电脑屏幕，脸上是说不清的复杂表情。

这是怎么了？

安然打开电脑，公司内部网的主页飘着一个邮件样的小浮标。她好奇地点开看，立刻明白了大家的沉默从何而来。

几张角度偏颇但画质清晰的偷拍照赫然出现于眼前，一男一女相对而坐，眼前的食物袅袅地冒着热气。

有人把昨天拍到的部门主管与隔壁家人事部主管的会面发上来了。

是谁？

安然左顾右盼地望了一圈，昨天一起聚餐的几位同事都低着头忙自己的事，没有人脸上流露出异样的神情。

她默默地打开文档开始工作，眼睛望见了不远处紧闭的办公室门。

"大家都停一停。"公司的人事主管过来发话了，他神情严肃地望着所有人，缓缓地环视了一圈，"过一会儿我们会一一对各位员工进行面对面访谈，请叫到名字的人跟我过来。"

第一位职员跟着他走了，方才还落针可闻的房间瞬间就炸开了锅。

怎么，终于被抓到把柄了吗，这个女人。

快开除她吧，这样我离升迁又近了一步。

到底是哪位勇士拍到的画面啊，我可真想给他发个红包！

为什么要一对一访谈呢，难道还有其他内鬼吗？

安然有些痛苦地捂住了耳朵，她把挂坠拿出来搁到衣服外面，刚才刺耳的聒噪声立刻消失了。

是的，这东西只要不接触皮肤就不能发挥作用，而刚才听到的那些乱七八糟的声音，都只是人们心里的想法。

"何音。"

安然抬起头，目送着自己的好友慢悠悠地跟着主管离开，她没来由地感到一阵悲凉——不知道，不确定。

我做的这一切……真的是对的吗？

虽然好像并没有采取什么实质性的伤害和攻击，可我不杀伯仁，伯仁却因我而死，横竖是脱不了关系。可是我也没有做错什么吧……我替公司找到了贩卖内部资料的人，她的背叛可能会导致我们整个公司的垮台，按理说应该值得褒奖才对啊。

可为什么……总觉得心里这么不踏实呢？

"安然。"

冷不丁听到了自己的名字，安然条件反射地喊了一声"到"！她看到何音面无表情地走了回来，慢慢坐到自己位置上。

看来形式很严峻，恐怕是遇不到什么好脸色。

安然不情不愿地站起身，还不忘把挂坠重新藏回衣领里。

在顶层的会面室里，圆桌前一共有三个人：人事部主任、行政秘书以及禹皓本人。

这事儿已经这么快惊动总裁了吗？安然的心又往下沉了一寸。

"请坐。"人事主管客气地做了个手势，"我们只是问一些简单的问题，不要紧张。"

"好的。"安然咽了咽喉咙，她分明听到了对方"一个都不放过"的冷酷心声。

"你怎么看待你们部门主管这个人？"

上来就是单刀直入的问题，一点迂回都没有。安然深吸了口气，她考虑着究竟是该照心里话说，还是适当美化一些措辞。

"我觉得主管……平日里对我们比较严厉，这是她的优点……"

但大部分时候是得罪人的缺点。

"如果按一到十分打分，你会给她打几分？"

安然想了想，最终还是决定中庸一些："我想……我会打五分。"

之后人事主管又问了一些零散的小问题，大多围绕着主管本人展开。安然一一回答后，提问停止了。就在她以为问话结束的时候，禹皓突然开口问了个问题。

"你做过类似的事吗？"

安然愣了一下，摇摇头："我没有做过。"

禹皓的目光纹丝不动，他注视了一会儿安然的眼睛，随后点了点头，没有再说话。

"可以了。你回去吧。"

安然心有余悸地回到工位，心脏又再次狂跳起来，她这才意识到自己和领导层的差别。那些人的气场就像要上阵杀敌一样，那样的威慑力，也一定是在商海里摸爬滚打了多年才能积累的。

问话是到此结束了，后面的事会怎么样呢？

整整一天，部门主管都没有露面。

有传闻说她已经卷铺盖走人了，也有人说她后台很硬，公司不会把她怎么样。传到后来，各种各样的说法层出不穷，越来越没个准数。安然索性不去听，更不参与大家的讨论。

"如果主管离职的话，恐怕副主管就要顶上去了。"

"那副主管的位置谁来坐呢？"

好问题。

安然环视了一周，发现大家的神色再次变得微妙起来。

天色渐晚，过了下班时间的办公室里空荡起来。安然留在座位上整理最后一点残余的工作，脖子和肩膀都酸痛得要命，她伸了个懒腰站起身，正好对上从外面回来的何音。

"你怎么回来了？"

"忘了点东西。"何音甜甜地笑着，拉开抽屉翻找了一会儿，"在这呢。"

"那我先走了。"

安然点点头，背上包正要离开，却突然听到了意料之外的声音。

快走吧，别在这晃悠。

这种熟悉的冰凉感一直从脊背蹿到了头顶。安然停住了脚步，慢慢地转过身来。

"怎么了？你也忘东西了？"何音露出天真无邪的表情，好像一个不谙世事的小女孩。

快离开。

别耽误我发文件。

"你……你不回家吗？"安然不自觉地结巴起来，她好像猜到了一些什么，但不敢细想。

"我上个洗手间就回去。你快回去吧，一会儿地铁上人该多了。"

我当然不回家，我还得给隔壁家发产品设计图纸呢。

安然觉得五雷轰顶，一时什么话都说不出来。所有的情绪一股脑儿地涌到她头顶，最终化作一盆冰水，把她从头到脚淋了个透心凉。

"是你……"

"你说什么呢？"何音还没反应过来，脸上带着良善的笑，"是饿晕了吗？哈哈。"

安然终于冷静下来，她意识到这是自己必须要面对的事实。

"我是问……你向隔壁家透露我们的内部资料，已经多久了？"

何音愣了一下，笑容僵在脸上。她的嘴角慢慢收成了直线，而后又悠悠地上扬。

"你是……怎么知道的？"

安然打了个寒噤，她第一次觉得何音甜美的嗓音，听上去是如此恐怖。

"你为什么要做这种事？"

"还能是为了什么……当然是为了钱咯。"何音保持着优雅的笑容，但眼里早已没有了笑意。

谁让我那个嗜赌的老爸赔光了家产，还要我来替他还债。

原来何音的富家小姐形象……一直是伪装出来的。

安然觉得心情更复杂了，原来有时真相并不能给人带来释怀，相反的，倒给予了人更多的痛苦。

"可我还什么都没有做哦，你也没有证据。空口无凭，没有人会相信你的。"

何音信誓旦旦地抱着双臂，眉眼间是不可撼动的自信，"我想……你应该不会傻到去揭发我吧？"

娇俏的女孩冲她挤了挤眼睛，而后迈着轻快的步伐，与她擦身而过。

安然像被点了穴一样站在原地，好一阵儿都没有说出话来，她的手脚冰凉得像是在寒风中伫立了很久很久。

阴天，没有阳光。

安然请了半天假，下午的时候才去上班。办公室的同事们今天也依然脸色微妙，好像每个人心里都揣着新的秘密。

"听说了吗？部门主管并没有被开除，反倒要升职了。"

怎么会这样？安然难以置信地看了散播消息的同事一眼，对方坚定地点了点头，表示消息确凿无疑。

"透漏公司机密的人并不是她，是对方公司想挖墙脚，但被她拒绝了，这是上面为了褒奖她的忠心。至于真正贩卖信息的人……你猜猜看？"

安然摇摇头。

"是何音。"

是怎么知道的？

大概是写在脸上的震惊太过明显，以至于安然还没有开口，对方就猜到了她的心思。

"一大早禹总就派人来把何音叫走了，之后就公布了一系列她与隔壁家信息往来的证据。听说直接就被开除了，连东西都没来得及整理。"

安然看了眼不远处的工位，确实没有何音的身影。

"高层不愧是高层，平时看着没有深入群众，其实点滴痕迹都洞悉在眼里。搞不好下一个被抓出来的，就是我们身边的人哦。"

叮。

有新的邮件抵达，安然点开看，是禹皓的贴身秘书。

请立刻上来一趟 。禹总有事找你。

"请坐。"

器宇轩昂的总裁亲自倒了杯茶，轻轻放到茶几上。安然有些受宠若惊地起身道谢，但内心更多的是疑惑。

"您找我……是什么事？"

禹皓倚在办公桌边上，似笑非笑地望着坐立不安的小职员。随后，他从衣领里扯出一枚挂坠来。

和安然的那枚一模一样，只是，缺口在另一边。

"你脖子上的这个东西，我也有。"禹皓展示完毕后，重新将挂坠塞回了衣领里，"这两个半月，原本就是一对。"

安然瞠目结舌地呆了一会儿，身不由己地点了点头。

这么说来……

"其实公司里所有人的心声，我都能听到。除了你的。

"好像这两枚挂坠有互相抵触的功能，或许是为了保护持有者。

"我一直怀疑这东西有另一半，最近终于亲眼见到了。"

禹皓绕了一大圈，还是没有说明来意。安然沉默了一会儿，她好像想明白了一些事情。

"你从一开始就知道……主管并不是那个贩卖消息的人，对不对？"

禹皓的脸上慢慢浮起笑意，他缓缓地点了点头。

"你很聪明。从一开始就不是大家以为的叛徒……甚至，她是我派去挖对家内部资料的线人。

"天将降大任于斯人也，能坦然背负骂名的人才能走得更远。所以我给她升了职。"

"那何音呢，她的事，你是怎么知道的？"

禹皓耸耸肩："你可别忘了，全公司上下，除了洗手间，哪里都有监控。从我发现我听不到你的心声，就开始注意你了。

"我想，这么聪明的姑娘，一定会帮我找到那个藏在公司内部的背弃者。"

安然想起何音柔和的脸庞来，她被开除了，那她父亲的公司……

"我不光开除了她，还顺带通知了业内其他企业。她将面临的，是社会性死亡。"

禹皓翻了翻白眼，好像在说一件无关痛痒的小事。

"至少，我能保证她在这座城市里，无处可去。"

"这样做……是不是太狠毒了。"安然脱口而出，这是她的心里话，"虽然她做错了事，但她也有自己的难处。"

"欲成大事者，至亲亦可杀。"禹皓走到安然面前，居高临下地望着她，"亲信犯错都不能原谅，何况一个普通员工。你知道我是怎么一步步爬到今天这个位置的吗？"

安然没有说话。她就算听不到对方的心声，也可以想象出这个面容英俊但行事决绝的男人的所作所为。

"我叫你过来，并不是为了讨论其他人的事。"禹皓的声音变得格外温柔，甜蜜得像诱骗猎物上钩的野兽，"我想，我还缺一个有共同能力的人和我一起经营这家公司。你愿意先从部门主管做起吗？"

普通的职员进入公司后，至少要先在基层摸索五年，等有一定成绩后，才能勉强升到副主管。而禹皓的提议，意味着安然将连升三级，一跃成为部门最高位的领导者。

女孩半晌没有说话，禹皓以为她是过于激动而语塞，可下一秒却听到了意料之外的回答。

"请允许我拒绝。"安然从内到外都已经冷静了下来，她站起身，平静地与这个男人对视，"我不光拒绝您的提议，我也不打算再在这家公司工作了。"

禹皓皱起眉，仿佛不理解她的意思。

"你刚刚拒绝了一个或许是你此生最有可能抵达成功的机会。你确定……你要辞职？"

"是。"安然自嘲似的摇了摇头，露出坚毅的表情，"我不想，也不会在这样一家员工钩心斗角、人人自危的公司里待下去了。

"或许你觉得我傻，放着飞黄腾达的康庄大道不走，但我不这么想。

"人要有基本的良知，就算是处于竞争关系，也不能违背最基本的道义。

"我最不能原谅的，是利用人心这件事。"

安然稍稍垂下了头，她想到了自己过去做的事。

"我也犯过一些错，被欲望迷了眼睛，人的信念有时实在不堪一击。

"但如果我不能控制自己的欲望，那么最好的方式就是远离是非之地。

"感谢您的抬爱，但我……不是你想象中的那种人。今天之内，我会将辞呈提交到人事部。

"祝您前程似锦。"

禹皓眼睁睁看着这个纤弱的女孩转身离开，一时还没有反应过来。

她的背影，像一只瘦小却充满力量的雨燕。

"您是要这种流心的巧克力蛋糕,还是外边翻糖的巧克力蛋糕?"

佝偻的老人双手比比画画,无论如何发不出声音。店员求助地互相对视着,其中一个突然惊喜地叫了出声。

"您回来啦。"

"嗯,怎么了?"安然把长柄雨伞收好,立进桶里。围上藏青色的围裙,走到柜台后面,"有什么我能帮您的,阿姨?"

白发苍苍的老人急得快要出汗,但她是个失语者,又不会在手机上打字。年纪大了还有手颤症,连书写都困难。店员们想尽各种办法,都不知道该怎么办。

安然眯起眼睛,过了一会儿露出灿烂的笑容。

"您是要果糖流心巧克力蛋糕,是吗?"

她从手机里翻出一张蛋糕图递给老人,老太太高兴地点头,表示就是这款难找的蛋糕。

"老板可真厉害啊……"

店员们不禁赞叹,安然笑一声,催促他们快去准备。

从公司辞职后,安然通过两年的沉淀与学习,用之前中奖获得的八十万奖金开了间甜品屋。

由于态度诚恳,加之甜品的口味独具创新,她很快就吸引了一波固定客源。在经过前期必然的回本期后,于第三年的春天进入了自由盈利的季节。

要说为什么这家店如此火爆,还有一个别的原因。

安然总是能在第一时间捕捉到客户的需求,发觉他们没能说出口的心声。有时并不表达在言语上，而是实际地体现在了食物上。于是越来越多的人口耳相传：这家甜品店的老板有洞悉人心的能力，她懂所有光临的客人。

"售完最后这一批面包，我们就打烊。从明天起，放一个礼拜的带薪假，大家好好休息。"

店员们高呼起来，连坐在店内的客人们都被洋溢的热情感染，跟着拍起手来。

安然笑着擦干杯子，望着窗外倾盆的大雨出神。

那晚的老头再也没有出现过，好像一个偶然来到人间的土地公，送完该送的东西就消失了。而那枚挂坠，也被安然小心地用更为坚固的红绳绕了两圈，挂在脖子上。

在最开始的时候，她也担心自己是否会再次被蛊惑，甚至一度恐惧这股力量。

可后来她慢慢想明白了一件事：器物本身是没有责任的，需要担负起责任的，只是人本身。如果能将这种能力用在帮助他人，布施善意，就更好了。

安然最后一个离开店铺，她锁好门，快跑两步钻进自己的车内。雨刮器一下一下扫着前窗的雨帘，这个世界被隔绝成一座安静的岛屿。

挂坠已经被长年累月的接触打磨得更为光滑，连最初的棱角都不再有。

或许人也是如此。

人心多变，总是难以揣测千种欲念。但比起左右他人，似乎坚守自己才是更重要的事情。

做个良善的人，无论何时何地。

安然发动车子，明亮的雾灯照亮了前路。

这是她的心声。

没有人可以对我说谎

文/时我

"林姜江报复欧霆笙的方法其实很简单，就是让他看到自己的平静，看到自己的无动于衷。"

没有人可以对我说谎

MEIYOUREN KEYI DUI WO SHUOHUANG

////// 文 ▶ 时我

我喜欢脑洞，也喜欢狗屎的爱情故事，希望能写出让大家都喜欢的脑洞狗屎爱情故事。

林姜江从图书馆出来时天色已晚，只听见枝头的秋蝉发出最后的悲鸣。

这几日为准备司法考试，她整天泡在图书馆，已经将近一周没见过欧霆笙了。加上欧霆笙同样工作繁忙，经常视频开会到凌晨，所以两人近期几乎都是手机联系的。

林姜江不禁为自己怠慢了男友而感到愧疚，但为了不打扰到工作中的男友，她想了想，最后只是发了一条消息：我已经复习完了，刚离开图书馆，你还在开会吗？

消息显示已读，随后弹出了通话提醒。

电话那头的男声一如既往的悦耳："刚开完会，你想吃什么？我一会儿给你送来。"

听到欧霆笙声音的瞬间，林姜江就有一股满满的幸福感涌上心头，从交往开始，他一直都是这么体贴温柔。

"螺蛳粉，还要配可乐！"

对面的人轻轻笑了笑："果然是这两样啊……你抬头看看我在哪儿。"

林姜江后知后觉地抬头看去，不远处的男人站在昏黄的路灯下，他戴着金边眼镜，穿着剪裁合身的西装，面若刀刻，眉如墨画，手里提着刚刚说到的两样东西，就那么看着林姜江笑，笑得林姜江的心小鹿乱撞，一如一年前他在图书馆外向她表白的那天。

实际上，那天林姜江比欧霆笙还要激动紧张，因为早在欧霆笙表白之前，她就已经喜欢他很久很久了。

有什么比自己喜欢的人也喜欢自己还要幸运的呢？她真是一个宇宙无敌幸福的人啊。林姜江满脸洋溢着甜蜜的笑容，背着双肩包像一只笨拙的小兔子，一步三跳地朝自己英俊帅气的男友跑去。

大概是乐极生悲，她刚跑没两步就左脚踩了右脚，凭空把自己绊倒在了马路牙边。

林姜江看着男友抛下手里的东西，一脸焦急地跑来抱起自己："江江你别怕，我马上带你去医院！"

不知道是不是脑袋与水泥地的碰撞让她产生了幻觉，欧霆笙不断安抚着她，语气关切又着急，但与此同时，她听到了另一个声音。

一个熟悉的声音，声音的发源地紧贴着林姜江的右耳，那里是欧霆笙心脏的位置。

声音中混杂着尖锐刺耳的杂音，它说……它说什么林姜江听不清，她努力去分辨它表达的意思，但下一秒她就失去了意识。

林姜江把自己摔成了轻微脑震荡，她每天躺在医院病床上都觉得没脸见人，恨不得赶紧出院。原先看得她头脑困乏的法律专业书籍成了她礼貌拒绝他人好奇目光，躲避尴尬的绝佳道具。

欧霆笙出现在病房的时候，林姜江正坐在靠窗的病床上，捧着一本将近半尺厚的书埋头苦读，她的专业老师看了估计会留下欣慰的眼泪。

看见男友，林姜江的眼神顿时变得明亮，随即又流露出委屈的神情。

"我到底什么时候才能出院呀？"

林姜江吃着欧霆笙带来的清粥，坐在医院后花园的长椅上仰头望天。看到欧霆笙俊美的脸庞后，她心中的郁结就已经全数消散了，她只是想撒娇，男生不都喜欢女友撒娇吗？这么想着，林姜江偷瞧了一下欧霆笙的神情。

欧霆笙戴着林姜江最喜欢的金边眼镜，他似乎一直都是这副温柔又斯文的模样，但在正式交往之前，林姜江听说过和他有关的传闻，与眼前这个三好男友的形象大相径庭，他是不是因为她而改变了呢？

每每想到这里，林姜江都止不住傻笑。但在看到欧霆笙眼下的青丝后她又开始心疼起来，欧霆笙大林姜江一岁，毕业后去了欧氏的家族企业，他极少表现出疲惫的一面，但林姜江知道，因为复杂的家族关系，欧霆笙在公司承受的压力远比外界想的要沉重得多。从见到欧霆笙的第一面起，林姜江就觉得，这个男生虽然有一副淡然的外表，其实是一个出奇执着的人，他正通过一种艰难的方式向家族证明自己，而她能做的只有在背后默默支持他。

林姜江暗自在心底下定决心，一定要好好照顾男友。她想得出了神，忽然抬头，才发现欧霆笙正眼神宠溺地带着无奈的笑意看着自己。

"想什么呢？"他伸出他修长好看的手捏了捏林姜江的脸颊。

明明是秋天了，林姜江的心中却开出了芬芳灿烂的花田。她时常不敢相信，这个美好得如同童话中的王子一般的男人，是属于自己的。

就在林姜江感到自己无比幸福时，她的耳内突然一阵嗡鸣，耳朵里仿佛被人放入了一个受到电磁干扰的收音机，收音机内所有的声音都失去了它们应有的语调，变得断断续续，尖锐刺耳，刺激得人心神不宁。

"怎么了？感觉不舒服了吗？"欧霆笙关切的目光落在林姜江陡然变苍白的脸上。

"我……可能有点困了。"这个月以来，林姜江每天从凌晨五点学习到三更半夜，她怀疑是不是自己脑袋里的弦绷得太紧了，才导致自己听力失常。

可没办法，一个月后就是法考，这是她成为法官的第一步，一切付出都是值得的。

回到病房，欧霆笙牵着林姜江的手哄她入睡，林姜江再一次认定自己上辈子肯定做了什么天大的好事，这辈子才能如此幸运地遇到欧霆笙。如此一想，她觉得耳畔的嗡鸣声也变得没那么讨厌了。

两天后，在林姜江的强烈要求下，她终于如愿以偿地提前出院了。

天气骤冷，欧霆笙特意请了假开车来接她。林姜江看见穿着羊绒大衣的男友，突然起了小小的坏心思。

趁着欧霆笙把行李放进后备厢转身的瞬间，她忽然抱住了他瘦劲的腰，踮起脚尖在他好看的薄唇上落下了蜻蜓点水的一吻。

哎，说起来她男友的小模样英俊帅气，就是人有些腼腆，总是发乎于情，止乎于礼，每次她逗他都把他吓得够呛。

果不其然，欧霆笙愣了三秒，下意识地别开头。林姜江正为自己"偷香窃玉"成功而得意，却没发现欧霆笙眼中那抹一闪而过的神色。

望着眼神狡黠的林姜江，欧霆笙正要说些什么，一通电话忽然不合时宜地打了进来。

欧霆笙走到一旁接通了电话，他回来的时候，林姜江十分懂事地问他："是不是公司有什么事情？要紧的话我可以自己先回家，你忙完了再来找我。"

欧霆笙踟蹰了一会儿，帮林姜江在打车软件里订好快车才离开。但直到入夜欧霆笙都没有和林姜江联系，林姜江心中记挂，心不在焉地温书到深夜才给欧霆笙发去消息：**还在开会吗？**

过了许久，欧霆笙那边仍然杳无音信……

初秋的酒吧里气氛正炒得火热。

"笙哥你手机响了，怎么不接呀？"寸头男明知故问地看着一旁的欧霆笙，嘴角带着意味不明的笑。

五官轮廓清晰的男人戴着金边眼镜，牙上咬着一根香烟，出完手里的一对王才漫不经心地回头看了寸头男一眼。

这一眼看得寸头男头皮发麻，眼皮子直跳，忙讨好道："一年赌约不是快到了吗？笙哥你准备什么时候分手？我好提前准备给你庆祝呀！"

寸头男边说边将目光往舞池里引，那里正站着一个舞姿曼妙身材苗条的卷发女生。

欧霆笙看了一眼就收回了目光。

寸头男再接再厉，挤眉弄眼道："笙哥，你不觉得瑶瑶这一年变乖了不少吗？"

至于变乖的原因，大家心知肚明，那个作天作地的大小姐没想到欧霆笙真的会和她打赌，更没想到欧霆笙会和那个"赌约"交往一年之久。

"不不不，看我这嘴，还叫什么瑶瑶呀，应该改口叫嫂子了啊！"

卷发女生正朝卡座走来，本来在舞池里摇摆了半天都没吸引那人的注意让她很是不快，但这声"嫂子"喊得她心里十分熨帖，漂亮的脸蛋越发明艳。

楚瑶熟稔地端起酒杯走到欧霆笙身侧："在说什么呢？"

寸头男立马起身让座："在说一年前的赌约呀。"

楚瑶看似不在意地"哦"了一声，美目一挑，侧头去看欧霆笙："霆笙，这次你赢了，我愿赌服输，你打算什么时候从我这儿拿走奖品呢？"

输都输得这么趾高气扬。

楚瑶目光潋滟地等待着男人的回答，欧霆笙迎上她的视线，笑了："别急，快了。"

欧霆笙一直以来都是个没什么良心的人，但哪怕他再薄情寡义，都能让不少女孩子趋之若鹜，林姜江就是其中一只掉进他陷阱里的鹜。

一年前，欧霆笙大学毕业不久，比现在还要遭人恨，他带着刚交往一个月的女朋友参加了楚瑶的生日聚会，并在聚会上对楚瑶表白。表白的礼物，是他当时的女友在不知情的情况下帮他挑的。表白的演讲词，更是他从女友写给他的情书里摘出来的，只有最后一句是他自己加的："楚瑶，你嫌弃我没谈过恋爱，现在我已经谈过了，你可以做我女朋友了吗？"

他在台上对楚瑶表白，当时的女友在台下哭得撕心裂肺，大骂他狼心狗肺。

最后，欧霆笙当场与女友分了手，楚瑶却没有答应他的表白，而是又提出了一个条件："不够呢，一年时间都没有，怎么算谈过恋爱呢？"

那时候的楚瑶是众星捧月的天之娇女，喜欢得到别人的仰视。但欧霆笙并不是那个会仰视她的人，在她看来，欧霆笙的让步远远不够，所以她当众给欧霆笙出了这样的难题。她想要的，不过是这个骄傲的男人彻彻底底地妥协，她想要从这个男人眼中看到激动甚至是愤怒的情绪，而不仅仅是用这种游戏人间的态度对自己说喜欢。

但没有，欧霆笙依旧那么镇定自若，他笑着答应了这个赌约。

于是，林姜江成了欧霆笙的第二个女朋友。

楚瑶给欧霆笙指定林姜江这个任务对象的时候是抱有私心的，林姜江这个学妹，是法学院出名的书呆子，认真又无趣，绝对不是欧霆笙喜欢的类型，欧霆笙一定很快就会知难而退。

但出乎意料地，欧霆笙一次就成功了。

欧霆笙记得表白的那一天，林姜江穿着厚厚的羽绒服，把自己裹得像只粽子，只从暖和的帽檐下露出一双乌黑明亮的眼睛。

"你喜欢我？"林姜江睁着大眼睛，不敢相信地看着他，"真的吗？你不是骗我的吧？"

欧霆笙忽然想起了前女友和他分手时诅咒般的话语："欧霆笙，你就是个没有心的恶魔！我恨你！我恨你！你会遭报应的！"

收回心神，欧霆笙注视着受宠若惊满脸天真的林姜江，用极尽温柔的语气说："傻瓜，当然是真的。"

◆04◆

林姜江憎恶谎言，她的家庭就是因为她父亲错信他人而变得支离破碎，那时开始，她就下定决心，一定不让自己曾经历过的痛苦继续蔓延。于是她考上了国内首屈一指的政法院校，但这远远不够，她的理想是成为一名法官，给予受害者最公正的判决。

几乎没人看好她这个理想，只有欧霆笙不一样，每次坚持不下去的时候，她都会在脑海中一遍又一遍地回想男友鼓励她时的笑容，从中汲取力量，重拾信心。她真的太喜欢太喜欢欧霆笙这个男人了……

半梦半醒地睡了一宿，林姜江醒来后的第一件事就是看手机。对话框还是一片空白，没有消息。

林姜江担心男友出了什么意外，一早就急匆匆地赶到欧霆笙的住处。那是一栋安保森严的高档公寓，装修豪华，站在门口都能让人感受到巨大的贫富差距。林姜江刚走到公寓门前，就被安保人员拦下了。

其中一个管事打扮的男人露出礼貌的微笑："请问您找谁？"

林姜江："欧霆笙，住在顶楼。"

男人一直保持微笑："请问您和他的关系是？"

"恋人关系。"

"女士，我相信你，但我们这里是私人住所，请你拿出可以证明你和欧先生关系的证据，不然我会让安保人员请你离开。"

真是什么人都有，还恋人关系……

怎么回事？林姜江明明听见男人讥讽的话语，但事实上，他嘴皮子压根没动。林姜江不确定是不是听错了，因为面前的男人无论是表情还是语气都挑不出一点儿错误。

林姜江且按捺下疑惑，正要解释，就看见公寓大门处走出了一道熟悉的身影。

对方身材姣好，踩着高跟鞋，一头巧克力色卷发，画着淡妆却天生明艳夺目。

管事的男人立马绕过林姜江，向那个人打招呼："楚小姐早上好，您的车子一会儿就会帮您开过来，您还有什么需要吗？"

林姜江认出她来，楚瑶，欧霆笙的朋友，和欧霆笙住在同一个寓所。一次偶然的机会，林姜江见过她一次，那时欧霆笙作为中间人给她们互相介绍身份。林姜江礼貌地伸出手，但楚瑶的视线径直错过她，和欧霆笙聊了几句就离开了。

楚瑶讨厌自己，林姜江看得出来，但眼下事情紧急，林姜江赶紧出声："楚瑶！我是林姜江。"

楚瑶拿下墨镜朝她望过来，管事的男人立马问道："楚小姐，您认识这位女士？"

楚瑶看了林姜江两眼，就在林姜江以为她认出自己的时候，楚瑶语气冷漠地说："你们安保工作怎么做的？怎么什么人都往里放。"

将近一年不见，这个林姜江还是那么碍眼。

她说谎。

林姜江又一次听到了！她听到了楚瑶的这句"碍眼"。

这下，林姜江终于意识到自己耳边的杂音并非脑震荡的后遗症，那是人们的心声，只要有人说谎，她就能听清那个人内心真正的声音。

这样超乎常理的认知让林姜江的大脑陷入一片空白。

欧霆笙给她打来电话的时候，距离林姜江被安保人员"请"出寓所已经一个小时了。天空中下着瓢泼大雨，欧霆笙撑着伞穿过雨幕找到她时，她已经被淋成了落汤鸡，正坐在路边花坛旁认不清现实。

"江江！"男友急切的呼唤声拉回她的心神，欧霆笙神情愧疚地抱住她，"没听到你的电话是我不好，对不起，我来晚了。"

林姜江绷紧的神经终于在这一刻松懈下来，她直挺挺地倒在了欧霆笙的怀里。她本以为自己可以在这一刻安心地闭上眼，却在撞上欧霆笙心口的那一刻，听到了一个熟悉的声音。

冰冷的声音从欧霆笙的心脏传来，它说：打了那么多通电话都故意没接，竟然还特地来找我，这个女人真是蠢得可爱啊……

◆•❖•05❖•◆

因为淋了许久的雨，林姜江大病了一场。病好之后她变成了一个彻彻底底的男友控，每天三次视频聊天，一得知欧霆笙休息就大老远地跑去给男友送惊喜。她的专业书籍上都落了灰，现在满心满眼都只剩下了欧霆笙。

朋友们笑话她成了欧霆笙的连体婴儿，还有人说她终于开窍了，不再瞎折腾要当什么女法官，对此林姜江都是笑着应对。

欧霆笙却看出了林姜江的不对劲，他第一次从林姜江的眼睛中看出了讨好的神情。这种眼神让他联想到了自己，他小时候也是这么看着自己的父亲，但那个男人的目光却从未在他和他母亲身上多做停留，他只在意外面那个女人，甚至在他母亲去世不到一周时，就将那个女人和她的孩子接到了家中。从那一刻开始，他就明白讨好任何人都是没用的。

欧霆笙试探性地问："江江，你是不是有什么话要对我说？"

林姜江握着他的手，目光停留在手机屏幕上，摇了摇头："我能有什么事，只不过最近备考有点累了而已。"

欧霆笙想要抽回手，却被林姜江攥得更紧了。他只能无奈地说："江江，我要去倒水。"

"我帮你。"林姜江立马从沙发上站起来，踩着拖鞋跑进了厨房。

她端着水杯出来的时候，欧霆笙正在打电话。

几乎在欧霆笙挂断电话的瞬间，她立马发问："谁打来的呀？"

"朋友，"欧霆笙放下手机接过水，"晚上说要约在一起吃顿饭。"

林姜江小心翼翼地问道："我可以一起去吗？"

欧霆笙原本想拒绝，但话到嘴边又答应了："那你现在就可以准备了。"

"爱你！"林姜江在他脸上亲一口，跳起来就去拿包里的化妆品。

望着林姜江的背影，欧霆笙意识到林姜江可能是察觉到了什么。他并不是一个有良心的人，对于林姜江卑微的改变他毫无愧疚，他只是有些好奇，好奇她知道真相后会像之前那个女人一样大声咒骂自己吗？

回想起来，从交往到现在，林姜江还从未在他面前表现出不开心的一面。在她身上看不见丝毫负面的情绪，她每天都笑呵呵的，一副容易满足的样子。真的，越与林姜江相处，他就越想看到她如同之前的女友一般露出丑陋的歇斯底里的一面。

从这方面来讲，他和楚瑶可以说是天生一对，都是性格恶劣的混蛋，从小就喜欢毁掉那些光亮耀眼的东西。

林姜江打扮精美地站在欧霆笙的面前，期待地问道："我漂亮吗？"

这次欧霆笙表现得不像之前那样体贴温柔，他仿佛"恃宠而骄"，刻意无视了林姜江，绕过她走到门口："不早了，快点走吧。"

果然，就像欧霆笙所期待的那样，听到他淡漠的话语，林姜江眼中的光熄灭了一瞬。

不知道光明彻底灰暗后是什么样的呢？真令人期待。

◆◇06◆◇

聚会在一家 KTV 的私人包间，一推开门，热闹的气氛突然安静了。

寸头男第一个打破尴尬："嫂子也来了啦？欢迎欢迎！"

寸头男嘴甜，林姜江还没来得及因为他那声"嫂子"开心就听到他在心底"啧"了一声。

笙哥怎么把她也带来了？幸好瑶瑶还没来，不然听见我喊她嫂子，非要把我生吃了不可。

林姜江的笑容凝固在脸上，其实第一次见面她就察觉到楚瑶对自己的男友有着超出友情以上的情谊，而这一点欧霆笙的朋友们全都知道，且毫不避讳。这也是她很少陪同欧霆笙参加聚会的原因。

进入包间，寸头男新交的女友上下打量她两眼，递给她一杯鸡尾酒，一脸新奇地问道："你就是林姜江？"

为了努力融入她们，不喝酒的林姜江接过女生手里的酒杯，抿了一口，忍着辛辣感对她点了点头。

女生别有深意地看着她"哦"了一声，眼神跃跃欲试，但又像顾忌什么似的别开了视线。

没有了女生的主动交流，林姜江孤独得就像误入这场聚会的过客，没有人再主动和她说话，甚至连视线都会有意无意地避开她。他们并不欢迎自己，来之前林姜江就知道。

与她两座之隔的地方，女生们正窃窃私语交流着什么，其间还有余光若有似无地从她身上扫过。就在林姜江扬起笑容朝她们看去，鼓起勇气端起酒杯想要加入她们的时候，不远处传来了推门声。

是楚瑶来了。

她穿着热辣的短裙，巧克力色的卷发披在皮衣外套上。不管是男生还是女生都朝她投去热情的目光，还有几人丢下手里的话筒纸牌特地去起身欢迎，帮她提包。这样的反应与林姜江来时形成鲜明的对比。

林姜江还尴尬地拿着酒杯，她想要讨好的那群女生已经围在了楚瑶的身旁。

"瑶瑶你可来了，等你好久了。"

"瑶瑶你这身新裙子真好看！"

"笙哥在那边，他旁边的位置我特地给你留着的！"

她们的话像一只手，毫不留情地给了林姜江一巴掌，她们丝毫不将她放在眼中。林姜江下意识地看向欧霆笙，但此时欧霆笙的目光却在楚瑶身上，他微笑着默许了这一切。

林姜江愣了三秒，然后飞快地低下了头。

她在逃避，自从能听见欧霆笙的心声开始，她就在逃避欧霆笙可能不喜欢她了的事实。她害怕欧霆笙对自己感到厌倦，害怕他离开自己，于是她放下了自己的理想，卑微地去讨好，以为这样就能使男友回心转意。就像现在一样，只要她收回目光不去看，就可以当作什么都没发生。

林姜江整理好心情再次抬首，视线与一旁的女生交汇，寸头男的女友似乎一直在悄悄打量她，终于按捺不住地说：“你真的不知道吗？”

"什么？"

"嗯……"女生吞吞吐吐，最后还是把话咽了下去，"……也没什么，我就是想问你，下个月楚瑶的生日宴你去不去。"

但林姜江已经"听"到了。

真可怜，当众被人戴绿帽都不知道。对了，一年的赌约似乎快到了，听说欧霆笙会在下个月的生日宴上对楚瑶表白，这个女生大概会在不知情的情况下被迫分手吧……

话痨的女孩在心里说了许多，林姜江不记得自己是怎么打断她，又是怎么离开的。她只是在当晚给自己预定了次日的心理咨询。她病了，她拥有的不是什么超能力，而是一种极其严重的心理疾病。

是的，她一定是病了，不然怎么会这么难受？如同失去了维持生命的氧气，下一秒就会痛苦地窒息。

林姜江就着服务员端来的白水咽下了药片，医生给她开的一周的药被她三天就吃完了，但她的病情丝毫没有好转。人都说心病还需心药医，她也不知道她这样做到底是治病，还是让自己越陷越深⋯⋯

五分钟后，一个女人走到了她的桌边，女人不修边幅："你就是欧霆笙的现女友？"

她是周菁，欧霆笙的前任女友，林姜江经多方打听后找到了她。

周菁看向林姜江的目光中带着羡慕的怨毒，又掺杂着同病相怜的怜悯，最后她用落井下石的语气嘲讽道："一个两个都眼馋别人的东西，真不要脸！"

一年过去了，她的语气中还有一股以欧霆笙正牌女友自居的傲气，林姜江并不在意这些，她只想知道事情的真相。事实上从周菁进来时，林姜江就从她的脸上看到了答案。她的人生已经被欧霆笙毁了，而自己是下一个。

林姜江觉得有一双冰冷的手从她背后伸出，缓慢地攀附上她的脖子，她压抑着这股难受问了一个她自己也无法回答的问题："你还喜欢欧霆笙吗？"

她想要知道周菁的答案。

对面的女人愣了许久，回过神来时她红着眼睛狠狠瞪着林姜江："你在嘲笑我吗？你有什么资格嘲笑我？你很快就会有和我一样的下场！"

这次不用听周菁的心声，林姜江也能看出她心底的想法，她还是放不下欧霆笙。意识到这一点后，林姜江忽然觉得自己和周菁的脖子上都带着一条看不见的项圈，牵动项圈的锁链就牵在欧霆笙那双骨节分明的手上，他正一点一点地把她们拖入深渊。

林姜江带着这个"项圈"离开了咖啡厅，她没有回家，也没有去找欧霆笙，而是去了法院，她拿着旁听证去法院旁听了一场公开审理的庭审。

庭审最后，法官问被告："你是否认罪？"

证据确凿，被告痛哭流涕，悔不当初："我有罪，都是我的错！但恳请法院能给我一个改过自新的机会！"

说谎，林姜江从她的心声中听到的只有不甘。

都是他背叛了我！是他害我变成这样的，我没错！我没错！

女人心里的喊叫声接近癫狂，但让林姜江感到害怕的却不是女人癫狂的心声，而是她竟然有些理解那女人心中的不甘，她竟然……和一个犯罪者产生了共鸣？

林姜江忽然对自己感到了害怕，她想起了过去的自己，陡然意识到自己已然变得面目全非。

不……不可以再这样继续下去了。

庭审结束后林姜江在法院门前站了许久，在看到那座象征公平的天秤雕塑时，她给欧霆笙打了一通电话。欧霆笙依然没有接听，电话那头传来熟悉的女声："您拨打电话暂时无法接听……"

没关系，她已经有了自己的"初审判决"。

◆●08◆

林姜江没有再与欧霆笙联系，倒是欧霆笙主动打来了电话。

欧霆笙定好了见面的地点，语气冷漠得让林姜江以为他立马就要提出分手，但回头想想，这并不是欧霆笙计划好的分手时间。林姜江可能不了解欧霆笙的真心，但总在细枝末节地相处中记住了欧霆笙自己都没注意到的习惯和癖好。

欧霆笙不喜欢事情超出掌控，自己也肯定不会做超出计划的事情。

所以，是要干什么呢？

林姜江不想去，但她得完完全全地把欧霆笙从心底拔出来，那样她才能找回自己原本的样子。

约定地点是在市内有名的酒店，下午5点，林姜江到达的时候差点以为楚瑶的生日宴提前举行了。

光亮宽敞的房间里坐满了人，四处布置着五彩的气球，就连姗姗来迟的楚瑶也以为这是欧霆笙给自己准备的惊喜。

欧霆笙是天生的衣架子，穿什么都好看，今天他还特意打扮过一番，拿下了架在鼻梁上的金边眼镜，他那双因为笑容而时刻上挑的眼角，彰显出他不错的心情。

林姜江想走，但她逼迫自己留下，尽管此刻她心中仍会为眼前的场景感到难受，因为欧霆笙对楚瑶的偏爱而嫉妒。

欧霆笙走下台的时候，楚瑶已经从座位上站了起来。林姜江冷冷看着，但欧霆笙却绕过楚瑶走到了她的面前。这是第一次林姜江与楚瑶同时在场时，有人绕过楚瑶走到她的面前，可这个人是带着一脸冷漠的表情来说分手的。

　　林姜江波浪起伏的心情忽然平静了下来，亲眼看看也好，她就能从此抽身了。

　　可欧霆笙似乎没有放过她的打算，他冷漠的脸上像压抑不住了一般，突然浮现出温柔的笑容："江江，我实在装不了了。"他从口袋里拿出红色法兰绒盒子，盒子里静静摆放着一颗钻石戒指，"嫁给我吧。"

　　这一刻，他之前所有的冷淡行为都成了铺垫。

　　不仅是林姜江愣住了，楚瑶也完全撕破了往日高高在上的形象，从不敢置信到愤怒地摔桌而去。

　　林姜江看着欧霆笙的眼睛，企图从里面看出点什么，但眼前的男人始终都是那么脉脉情深。

　　林姜江没出息地动摇了，但下一秒，她找回了理智。

　　就在欧霆笙将戒指戴在她手上的时候，她发出了自己的声音："欧霆笙，你真的喜欢我吗？"

　　男人注视着她，说着这个世界上最好听的情话："不是喜欢，林姜江，你是我最爱的人。"

　　欧霆笙不喜欢一切廉价的东西。

　　那天聚会，欧霆笙有意让楚瑶坐在自己身边，他想要看到林姜江为自己流露出难过的表情。所以从林姜江强颜欢笑到失魂落魄地离开，他都没有伸出援手，而是默默观察着她，看她会在哪一步崩溃。

　　但事实证明，林姜江远比他想的要坚强。对于这一点欧霆笙并不意外，这一年的相处他都戴着面具演戏，但林姜江却是毫无保留地向他展示了真实的自己。她看似柔弱，却又能在一次又一次的家庭变故，在所有亲人都抛弃她的时候，不去怨恨，不去责怪，只是逐渐让自己变得强大。

这个女人一定可以成长为一个优秀的人，但可惜她遇到了自己。

他是什么时候决定要彻底毁掉林姜江的呢？欧霆笙记得，那时他在公司遭人算计，弄丢了一个大案子，被他同父异母的弟弟抢走了胜利的果实，在父亲面前丢了脸。

为了那个案子他熬夜工作，最后高烧不退，还被父亲当众打骂责罚了一顿。那是他人生最狼狈的时刻，林姜江却在那一刻出现在他面前。

她将他的狼狈一览无余，然后轻轻抱住了他。

欧霆笙到现在都记得，林姜江看她的眼神，没有排斥，没有同情，只是带着一股安抚人心的力量，那股力量和她的眼神一样温暖。

那一天，他第一次吻了林姜江。那个吻，让他记起了自己小时候喜欢过的一个玩具，那个玩具被他同父异母的弟弟抢走了，虽然后来又回到了他手中，但自那以后他就开始讨厌那个玩具，讨厌它为什么会这么轻易地被人拿走，所以最后他亲手将它拆成了两半，丢进了垃圾箱。

欧霆笙明白，林姜江对自己而言和之前那个他已经记不清名字的前女友是不一样的，与他想要征服的楚瑶是不一样的。准确地说，林姜江与这些可以弃如敝屣的感情都不同，他对林姜江充满了耐心，他用一年的时间一点点为她戴上他精心准备的项圈，然后慢慢勒紧，眼下只差最后一击。

"先生，请问您要定制的这款女戒是多大尺寸呢？"

装修奢华的商场贵宾室里摆放着一颗不对外展示的钻戒。

"大概是这个尺寸，她是个小粗手。"原本也是细的，只不过在寒冬腊月学习时冻粗了手。

对于欧霆笙的体贴，柜姐表达了自己对他女友的羡慕，在他临走前告知了他来取戒指的时间。

直到离开商场，欧霆笙嘴角都挂着微笑。他心情不错，他在公司布下的局已经逐步收网，再过不久，他的父亲以及他父亲的另一个儿子都会被带走调查。而林姜江这边，一年期限也快到了，这只戒指就是他加在林姜江项圈上的最后点缀。

人类的感情都是廉价的，像那个可以被人轻易拿走的玩具一样廉价。他讨厌廉价的感情，他要的是那个完完全全属于自己的东西……

◆１０◆

欧霆笙在说谎，他最爱的人是他自己。

被骗了将近一年，醒来其实只要那么一瞬。

听见欧霆笙心里真正的想法，林姜江心底最后的留恋和不甘彻底消失了，她甚至觉得有点儿想笑。

欧霆笙在等待楚瑶生日宴的那天，林姜江也是。毕竟被狗咬了也会叫两声，被人耍了总不能就这么不声不响地离开。

楚瑶生日宴前的一周，林姜江正在浏览租房网站。这些日子她以备考为由减少了与欧霆笙的见面次数，可欧霆笙却在这时打来了电话。

他的语气有些不太对，隐约流露出一股让人想要安抚的疲惫。

"江江，我在你家楼下。"

已是深秋，金黄的落叶被秋风吹进了楼道。

林姜江一出现在单元门前，就被欧霆笙抱进了怀里。

他身量很高，穿着驼色大衣，深邃的五官像极了漫画中的美少年，这是林姜江最喜欢的模样。

欧霆笙将林姜江越抱越紧，他怀里的女生却是一反常态的冷淡。

呵，又是在演哪一出？不再沉迷后，林姜江看什么都觉得像在看戏，但这一次她错了。

相关部门对欧霆笙的父亲和他同父异母的弟弟的调查已经开始了，在今天的董事会上，欧霆笙的父亲被他逼入绝境，孤立无援，最后双眼猩红地拿起烟灰缸恶狠狠地砸向他。虽然在下属前赴后继地保护下，水晶烟灰缸并没有砸中他的脑袋，但欧霆笙却感到了疼痛，疼痛从他胸口传来。

欧霆笙一直以为自己不仅没有良心，还没有心，可他的心却久违地疼了起来，是因为那句"畜生！我没有你这样的儿子"吗？还是他父亲看向他的那双充满仇恨的眼睛？欧霆笙没有答案，他不由自主地想起了林姜江，所以他来了。

欧霆笙紧紧地抱着林姜江，就像幼时他紧紧抱着那个玩具不让同父异母的弟弟抢走一般。

怀里的女孩儿小小的，却像当年的玩具一样温暖，给予他源源不断的力量。

交往时，林姜江总是主动的那一方，今天他主动一次，低下头想要吻她，却被林姜江猛然推开了。

在被推开的那一瞬，林姜江看见欧霆笙的眼中露出了脆弱的神情，但下一秒就消失不见了，快到让她以为是自己一时眼花。

欧霆笙依旧微笑着，但林姜江感受到了他的不快，在视线交汇的瞬间，林姜江下意识地往后退了一步，就好像动物本能地觉察到某种危险。

但好在，一通电话分散了欧霆笙的注意力。

"欧霆笙，我们见一面，我可以再给你一次机会。"电话那端的女人态度依然傲慢，若不是腔调中带着一丝哭腔，没人知道她在逞强。

看到楚瑶的电话出现在屏幕上，欧霆笙就知道自己又一次取得了胜利。莫名的压迫感消失了，他脸上的神情又恢复了以往的温柔。

他没有缘由地出现，又忽然提出要离开，对此林姜江丝毫不感到意外，只是平静地和他道别。

与林姜江冷淡的反应不同，楚瑶见到欧霆笙时情绪激动，满脸愤恨。

"欧霆笙，你这个混蛋！你怎么能跟林姜江求婚呢？！"

这个女人拥有优渥的家世，长着漂亮的脸蛋，傲人的身材，擅长于持美行凶。欧霆笙曾以为她和自己是同类，不会为任何人变得像眼前这样不堪，所以他欣赏她，把她当成不错的对手，玩起了一场你追我赶的"爱情"游戏，但对手却在角逐的过程中把游戏当了真。

欧霆笙早已失去了游戏的乐趣，但他并不打算结束这场游戏。

"欧霆笙你怎么可以这样对我？！你怎么能这么对我？！"

楚瑶哭得声嘶力竭，欧霆笙就那么看着她，然后在她的眼神变得彻底绝望时，拉住了她转身离开的手。

"哎⋯⋯"他叹了一口气，露出无奈的神情，"别哭了，赌约还在继续，求婚只是将娱乐最大化的方式。"

是的，楚瑶和林姜江不一样，至少她背后的楚家集团对欧霆笙来说是不一样的。

"真的吗？你真的会和林姜江分手，是吗？"

得到肯定的答复，楚瑶破涕为笑，然后又恼怒地甩开了欧霆笙的手。她作势要离开等着男人来追，但过了好一会儿她都没听到身后的脚步声。

楚瑶回头去看，就看着欧霆笙笃定了她会回头一般，微笑着站在原地。

楚瑶气恼地朝他走去的同时，也彻底明白，自己算是栽在这个男人手里了。

看着放下骄傲，主动抱住自己的楚瑶，欧霆笙脑海中回想起林姜江推开自己的场景，心里那股胜利带来的愉悦感不知不觉中消失殆尽⋯⋯

◆11◆

林姜江接到了楚瑶的生日宴邀请函，这一天终于到了，她等了太久，也已经做好了充分的准备。这一切结束后，她就要开始新的生活做回真正的自己了，而欧霆笙这个人也会从她的人生中就此消失。

欧霆笙来接林姜江的时候，她给了他一个礼物，小盒子包装，说不上精美，甚至还有些简陋。

"这是给楚瑶的？"

林姜江既没说是也没说不是，她径直坐进了副驾驶座。

到达宴会厅，宴会的主人公楚瑶亲自出来迎接他们，准确来说，是迎接欧霆笙，这是独一份的待遇。楚瑶穿着定制长裙，露出线条优美的肩背，她丝毫不将林姜江放在眼里，连林姜江的生日祝福都没听完，就直接挽起欧霆笙的胳膊往里走，姿态亲密无间。

他们将林姜江独自留在了门口，但不要紧，她早已习惯这样的境遇。

林姜江最终是由服务生引导到了指定座位，座位正对着舞台，视野极好。知道一切的林姜江对楚瑶的目的了然于心，这是楚瑶贴心为她准备的观影席。

从生日宴开始，到气氛逐渐进入高潮，欧霆笙都没有出现在林姜江身边，因为他们正在为这场表演的重头戏做准备。

不一会儿，少女心满满的三层蛋糕被推上舞台，推着蛋糕朝楚瑶走去的人正是欧霆笙。

而这时，服务生正好给餐桌上端来了一块牛排，林姜江听着耳边众人合唱的生日歌与欧霆笙朋友们起哄的声音，将盘子里的牛排切成小块。

舞台上，欧霆笙在众人的怂恿声中拿起了话筒。

"楚瑶，一年前因为你和我定下的一个赌约，我和林姜江交往了一年。现在，我赢下了赌局，我是不是可以拿到属于我的奖品了？"欧霆笙注视着满脸娇羞幸福的楚瑶，温柔地说，"楚瑶，做我的女朋友好吗？"

"答应他！答应他！"

所有人都在怂恿楚瑶，似乎不觉得自己对那个叫林姜江的女生做了什么残忍的事情。就连林姜江也不这么觉得，她没有任何难过的情绪。

　　很奇怪，她比自己想象中的还要平静，大概是因为不喜欢了吧。

　　这几天林姜江都在思考自己不甘心的原因，说起来，欧霆笙对她"挺好"。无论是物质方面还是精神方面，他都十分支持她，这份好是林姜江从未在他人身上感受过的。

　　林姜江没有告诉过欧霆笙，自己早在他告白之前就喜欢他了。那是一次社团组织的普法活动，她为一个遭受虐待的男孩儿做了咨询，次日其父亲就带人来砸了摊子。林姜江不后悔自己的所作所为，面对把孩子当作自己的私人物品肆意对待的男人，她据理力争。就在男人的拳头打在她鼻子上的前一秒，欧霆笙将她挡在了身后。

　　那一次，欧霆笙只是被拉来帮忙的学长，却无意间成了林姜江心中的英雄。她的不甘心，大概是源自对这个英雄的失望，和被人当作赌注的愤恨。如果没有意外获得能识破他人谎言的能力，面对眼前的场景，她一定会如欧霆笙所想，变成自己不愿看到的样子。但老天对她十分眷顾，让她避免了伤害的发生。现在回头想想，超能力是上天的恩赐，其实可以用来干很多事情，甚至可以帮她实现她一直以来的理想，所以为什么要局限于一个男人呢？

　　于是林姜江决定离开，离开前她也会摆欧霆笙一道，作为"回报"。

　　林姜江报复欧霆笙的方法其实很简单，就是让他看到自己的平静，看到自己的无动于衷。他有多么期待着这一天的到来，就会有多么失望。他这样习惯获得胜利的人，第一次品尝到失败的滋味，会是什么样的心情呢？

高档餐厅的牛排入口即化，欧霆笙朝她看来时，林姜江刚刚吃完餐盘里的最后一块牛排，然后她抬起头，微笑着迎上了欧霆笙的目光。

欧霆笙看着林姜江用口型对自己说了什么，然后转身离开了。

谢谢，她竟然对他说谢谢？

欧霆笙拆开林姜江来之前给他的那个包装盒，忽然明白了她的意思。鸽子蛋大的钻戒是他给她"项圈"的点缀，但现在，这个钻戒正静静地躺在简陋的盒子里。她早已知道自己会在生日宴上对别人表白，于是冷眼旁观着这一切。最后再微笑着告诉自己，没关系，她毫不在意。

就仿佛那个被耍的人其实是他一样……

他只是想伤害她，却从未允许她离开。

那晚之后，林姜江就从欧霆笙的生活中彻底消失了。她提前退租了学校附近的房子，连司法考试都没有参加，像是早就计划好一般，在他不知情的情况下单方面地离开了他。

从林姜江住过的房子回到公寓，关上门的那一刻，欧霆笙变成了一个真正的野兽，没有丝毫体面可言，疯狂破坏着视野中的一切。

发泄完后，欧霆笙在被砸得满目疮痍的家中沉默地坐了一宿。然后第二天，他打扮得体地走出了房间，戴上他的金边眼镜，牵着楚瑶的手去参加了楚家举办的商业晚会。也是从那一天开始，他按照计划，从掌控欧氏到一步步吞并楚家，他构筑起了一个以他命名的商业帝国。

六年过去了，欧霆笙这个名字已然成了金钱与权利的象征。但这六年来，欧霆笙一直在问自己，到底是哪里错了？哪里错了才让他这个牵动引绳的人反被自己的猎物戴上了项圈？

这项圈如同一个魔咒，他越挣扎戴得越紧，且一戴就是六年，紧紧勒着他的脖子。在每一个喘不过气的深夜，他都回想起林姜江离开时的那个笑容。然后他得出了结论，他错就错在心慈手软，没有尽快毁掉她，将她变成完完全全只属于自己的东西。

真是个不听话的坏女孩呀。

欧霆笙办公室里有一幅画，画上只有一个还没画完的鸟笼，而吞并楚家是欧霆笙给鸟笼画上的最后一笔。他的鸟笼已经完成了，他那只不听话的画眉鸟也该回来了。

派出去寻找林姜江的人很快就传来了消息，但一阵敲门声打断了欧霆笙的通话。

"欧董，因为之前的那个事情，我们被人告上了法庭，法院今早寄来了传票，通知我们下周开庭。"助理顶着上司冰冷的目光，头冒冷汗，却又不得不继续说道，"这次审理案件的法官是直接派来的，我打听过，出了名的软硬不吃，这一次我们怕是不大好处理。"

助理恍然想起什么，手忙脚乱地掏出手机，打开平台直播，将手机画面递到欧霆笙眼皮下："这个法官今天正好参加了电视台的采访，屏幕里的就是她，姓林，叫……叫林姜江。"

屏幕中的女人穿着西服裙，面带微笑，气场温和却不容忽视。

主持人照着提词器提问："林法官，你工作至今手下从未发生过一起冤案，受害者家属们给你寄的锦旗一个办公室都装不下，你到底是如何做到这一点的呢？"

女人笑了笑，半开玩笑道："因为我有一对能倾听真相的耳朵呀。"

主持人也被感染了，气氛变得轻松："对了，说起来不知道你有没有听说过，你有一位特别的粉丝，"短暂地卖了个关子后主持人继续说道，"他就是近期因出演霸道总裁而被大家知晓的男演员，高阳。他为了拍摄某部律政题材的影视剧特意查阅过一些你当检察官时办理过的案件资料，那几起案件的被告都差一点因证据不足被无罪释放了，是你最后从蛛丝马迹中找到了决定性的证据，让正义得到伸张。高阳因此被你的魅力所征服，当晚就在社交平台上连发了好几篇小作文。"

女人很给面子地点了点头："我很喜欢看他演的戏。"

"不知道你喜欢他演的哪个角色呢？是那个强取豪夺的霸道总裁吗？"

女人没有直接回答，而是回以主持人一个意味深长的笑容："您知道我当检察官时，所有'强取豪夺'的犯罪者最后都被我送进监狱了吗？"

偌大的办公室里传出女人温柔却威慑力十足的声音，听完这句话，助理不知道为什么，忽然觉得周身的气温骤然下降了。

屏幕中的女人还在继续："被美化过的犯罪也属于犯罪，观众朋友们，现实生活中如果遇到这类犯罪者，请一定要及时拨打报警电话，法律会给他应有的制裁。"

不是错觉，越来越冷，助理僵硬地扭头看向身旁的男人，他在笑，笑得深情又危险……

◆END◆

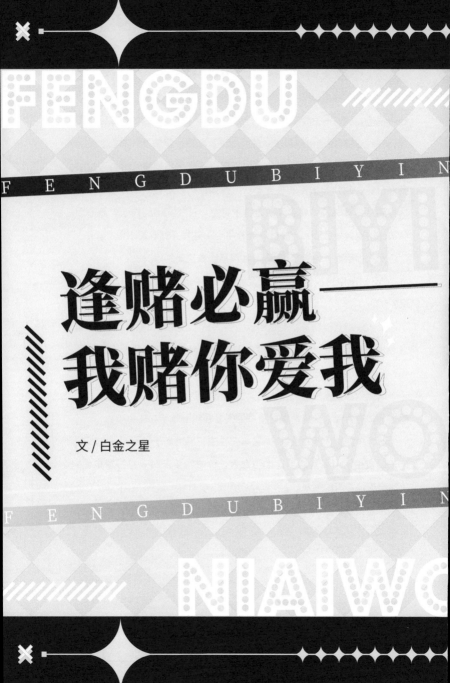

逢赌必赢——
我赌你爱我

文 / 白金之星

"我讨厌一切清澈的一尘不染的东西，所以我讨厌极了谢初一。"

逢赌必赢——
我赌你爱我

////// 文 ▶ 白金之星

懒癌患者一枚，拖延症重度的中二患者，一天不中二就浑身难受，最大的兴趣就是去微博超话。

"乔斐，你敢不敢跟我赌一把？"

鎏金的阳光透过稀疏的树叶洒在谢初一和我的脸上，我微微眯起了眼睛，看着他澄澈干净的眸子，仿佛天光云影在他眼底徘徊。

我有一个秘密，当别人要跟我打赌时，我能清楚地在对方头上看到赌局的正确答案。也就是说，只要我愿意，我就能逢赌必赢，甚至在一定程度上预测未来。

谢初一来找我时，我正捧着慕斯蛋糕半倚在树下。

我曾六次拒绝过谢初一的表白。说实话，我对他本人没有任何兴趣，但我对他说的话有些兴趣，于是我放下了慕斯蛋糕，正襟危坐："你知道我的规矩吧。"

他乖巧地点头，毛茸茸的头发随着他点头的幅度跳跃："跟你赌要压钱，你赢了，我给你一倍。我赢了，你给我十倍。

虽然听起来对你挺不公平，但你从来没输过。"

接着，他说了一个大得吓人的金额。

努力抑制住心底呼之欲出的兴奋，我舔了舔唇角的奶油："你赌什么？"

谢初一弯下了腰与我四目相对，他凑得近极了，呼吸可闻，我清晰地看见有抹狡黠漾进他深不见底的黑瞳中。

"我赌在接下来你和我相处的日子里，你会爱上我。"

下一秒，我的能力显现了，谢初一的头上浮现出两个大字——是的。

这是一个始料未及的答案，一霎时，我变了脸色。

我的能力从来不骗人，也就是说，接下来的日子我真的会……

望着我不可置信的表情，谢初一脸上绽出一个志在必得的笑容："你赌不赌？"

心中的不爽逐渐扩大，我眯起眼睛，上下审视谢初一。

我对谢初一的印象不深，大概就是他总是睡得乱糟糟的，如鸭子屁股般的头发，还有他烂好人的名声。谢初一大概是清纯的代名词，他关心同学，热爱生活，而我讨厌一切清澈的一尘不染的东西——我讨厌冬雪，讨厌潭水。谢初一比这些东西还要干净，所以我讨厌极了谢初一。

这是我第一次怀疑我的能力坏掉了，就他？就谢初一？他也配？

我冷冷地瞥了他一眼：" 我是不会跟你赌的。"

这是一个注定会输掉的赌局，谢初一率先选择了对的一边。

"为什么？" 听到我话，谢初一脸上平静的表情破裂了，如同热锅上的蚂蚁般焦急地在我身旁转悠，"是我开的价不够高吗？还是说你讨厌我？"

"不对。"没有得到我的回应，他开始擅自揣摩我的心思，自言自语道，"听说你会谨慎挑选你觉得会赢的赌局，所以……你是觉得你会……唔！"

为了阻止谢初一说出下面的话，我把整个慕斯蛋糕毫不客气地拍在了谢初一的脸上。

◆02◆

七岁那年，我躺在草坪上吃着慕斯蛋糕，第一次发现了自己异于常人的能力。

"你就吃我的东西吧！"姐姐扎着羊角小辫跑了过来，气冲冲地瞪我，"反正你就要被送走了！"

"我才不会被送走！"我尖叫着。

"你不过就是爸妈捡过来的！家里没钱了当然要先抛弃你！"姐姐抬高了下巴，倨傲道，"我赌你绝对绝对会被送走的！"

我记得那天骄阳刚好，暖黄色的光线折射在姐姐的头上，形成了一个光圈。依稀间，我在她的头顶看到了两个悬浮着的大字——是的。

我以为是错觉，使劲揉了揉眼睛，可那两个黑色的大字是那么清晰。

清晰到残忍。

短短的两个字在我的心头种下了不安的种子，我整日畏畏缩缩，开始疯狂地讨好当时的养父母们。可命运的剧本仿佛早就敲定，只等演员就位。

没几天我就被送给了一户新人家。

从那一刻起，我才理解，当命运把考卷交到我手上时，答案早就已经被拟订好了，所有的挣扎都将无济于事。

……

我有一个超能力，只要一个"赌"字就能触发的超能力。

如果我愿意，我会是先知，是伟人，能名垂千史，功成名就。可惜我只是一个咸鱼，我选择用这点能力赚个小钱买蛋糕吃。

但当命运把一份有时答案并不合理的考卷交到我的手里时我会怎么做呢？是继续随波逐流，还是以一己之力拿起锋利的獠牙改写答案？

绝大部分时候，我都会选择默默忍受，因为小时候的经验已经告诉我，反抗是没有用的。

可那个我会爱上谢初一的预言不一样，因为这预言简直不合理到了极点，我讨厌极了他。于是我下定了决心——我命由我不由天，对这个预言，我就是要反抗一下！

我仔细揣摩了一下谢初一那天讲的话。

那天他说："我赌在接下来你和我相处的日子里，你会爱上我。"

这里有个很简单的逻辑漏洞，显然，如果接下来我不跟谢初一相处，就不会爱上他。所以我有两个选择，要么我离谢初一远一点，要么让谢初一离我远一点。

我选择了第二个。

彼时的夕阳向大地洒下金辉，微风正好。

我把谢初一从教室里喊了出来，脸色严肃地对他说："谢初一，你不是想跟我赌吗？我不会跟你赌我们自己，但我们可以赌别人。"

我都这么严肃了，谢初一却跟我嬉皮笑脸，他笑弯了眼睛问我："啊？要赌什么？"

"就赌……"我指了指操场上的一男一女。

追在女生后面的男生叫盛凌，是谢初一的好朋友。微风扬起了女生的裙角，盛凌慌忙脱下衣服想披在女生肩上，这金色的画面显得格外温馨。

"盛凌在追林长安吧？"我挑了挑眉，"我就赌盛凌一定追不上她。"

青春的恋爱总是生机勃勃，充满诗意，但我的能力告诉我，盛凌对林长安的爱恋注定是一场空。

谢初一挠了挠头，面色为难："啊？但是赌我的好朋友不太好吧……"

我抬高声音，直接打断了他："这次不赌钱，赌输了……"我话锋一转，声音沉下来，"赌输了你就再也不要出现在我面前。"

谢初一一吃惊地张大了嘴巴。

"你下什么赌注？"我快刀斩乱麻，催促他快点做决定。

谢初一的眼神逐渐坚定："你输了就要做我女朋友。"

"好啊。"我眯起眼睛在微风中回答谢初一。

我躺在草坪上睁大眼睛注视天空，晴空万里，天空蓝绸缎般光洁。

我突然想起了谢初一向我表白的场景。

他一共向我表白了六次，起初他红着脸，一副羞涩的样子，话都说不完整："我……我对你……"

当时我正站在储物柜旁收拾东西，瞥了眼他绯红的面孔，直接打断他说："我不喜欢你。"

说完，我没有给他留任何余地地离开了。

谢初一笨到连告白都不会选好地点，偶尔甚至会选到令我尴尬的时刻——体育课我在换鞋的时候。

他从支支吾吾脸红心跳，到现在能大胆地说出对我的喜欢，我不知道他经过了什么样的心理历程，但我想一切都结束了。

这是一场他注定会输掉的赌局，很快我就再也不用见到他了，我闭上了眼睛。

不知过了多久。

"乔斐！乔斐！你醒一醒。"依稀间，我听到了谢初一的声音。

我缓慢地睁开了眼睛。

夜幕早已降临，我面前是谢初一那双冬雪蒙蒙般温润的眸子，见我醒来，他眸光微动。

"你是不是不小心睡着了？现在都过了门禁时间了。"他看着我绽出一抹笑。

我迟缓地坐了起来，手扶着额头，长时间的睡眠令我有些头痛。

"啧。"我皱着眉头发出痛苦的声音，随即转头问谢初一，"你怎么在这？"

"我去帮盛凌给林长安送东西，不小心回来晚了。"他冲我眨了眨眼睛,"盛凌给林长安买了一大堆巧克力,自己拿不下。"

"哦。"我淡淡地回答。

"你不担心吗?"谢初一的眼中闪过一丝狡黠:"他们感情不错,在一起是迟早的事,输了你可就要做我的女朋友。"

我嗤笑,这简直就是对我能力的挑衅,我坚定地加重了语气:"我不会输。"

谢初一盯着我看了两秒,突然捂着嘴笑了起来:"你好像对一些事情格外坚定,我们第一次见面的时候你也是这样。"

"第一次见面?"我不解地皱了皱眉头。

"你不记得了吗?"谢初一的脸立即耷拉了下来,委屈地说,"当时……"

一阵窸窸窣窣的声音传来,我捂住谢初一的嘴拉着他在大橡树后面蹲下身子。

"嘘!"我食指抵在唇上,示意他不要说话。

橡树旁有条不算宽的人工湖,而三五个保安拿着手电筒在湖对面的小树林中穿行,手电筒的光在树林中格外显眼。

"怎么了?"谢初一用气音问我,"我们都是大学生了,不会有人管。"

我瞪了他一眼:"你确定吗?孤男寡女在门禁时间后藏在小树林旁边?"

午夜的树林静谧极了,耳边是风拂过林梢的声音和谢初一轻轻的呼吸声,就连对面保安踩在落叶上的嘎吱声都清晰可闻。

我屏住呼吸,扭头注视着湖对面,猛然间感到耳朵一热,像是谢初一的呼吸打在我的耳朵上。气氛太过暧昧,我登时回过头去,谢初一的脸赫然出现在我的面前。

我注意到，他的目光紧紧粘在我身上——我的唇上，我看到他喉结微动。

此时保安已经走远了，我眯起眼睛死死地瞪着他，愠怒道："你刚刚想亲我？"

"啊！"谢初一反应很大地往后退，耳根红透了，他连忙摆手否认道，"没有！"

"真的？"我不太相信。

"真的！"谢初一举着手神情认真地冲我发誓。

看着他真挚的神情，我心下还是有些狐疑，便在心底默念道：我打赌，谢初一刚刚想亲我。

他头上赫然出现"是的"两个大字。

我愤怒地推了谢初一一把，他一个没站稳，整个人跌进了人工湖里。

◆◦5◦◆

谢初一哆哆嗦嗦地从湖里爬了出来，清朗的月光下，他像一只水妖般头发湿漉漉地耷拉在脸上。

他委委屈屈地开口："乔斐，你就这么讨厌我啊！"

这句话我答不上来，谢初一并没有做过什么真正令我讨厌的事。

谢初一拧着上衣的水，以一种埋怨的眼神看我："你知道我为什么这么喜欢你吗？我们小时候见过，你说，你赌我妈妈绝对不会病死。"

"唉？"我诧异道。

我不是个好人，这辈子总共就做过一件好事。

彼时，我刚刚因为姐姐发觉了自己的能力，同时即将被送到别的家庭。临走前，我站在自家门口看着父母在屋子里收拾东西，母亲的眼睛哭得红红的，那是我第一次体会到无法控制命运的无力。

我别过脸不想看他们，却碰巧看到了邻居家的"小姑娘"。

"小姑娘"头上扎了两个小揪揪，哭丧着脸推着妈妈的轮椅出来晒太阳。

"小姑娘"的妈妈得了很严重的病，我还听过父母闲聊，说人可能活不过这个冬天。为此这小孩终日忧虑，我就没见她笑过。

或许因为我们都是被命运重伤的人，我走上前去。

"妹妹。"我喊住她。

小孩转过头，有些疑惑。

"我打赌，你妈妈绝对不会有事的。"我话音刚落，她母亲的头上就浮现出"是的"两个字。

这是我人生中第二次使用我的能力，我赌对了。

我冲小孩笑了笑："你放心好了，我保证她不会有事。"

那一次，我把我人生中为数不多的善意给了那个小孩儿。

谢初一打断了我的思绪："那时我已经很绝望了，是你的坚定感染了我。乔斐，你身上就像是有一种什么魔力，你说的话永远都是对的。"

我没有接他的话，疑惑道："我记得我的邻居是一个小女孩儿，你记错人了吧。"

谢初一静静地看了我几秒，有些无语："你是通过头发长度判断男女的吗？当时我妈妈病了，我很久没剪过头发了。"

◆06◆

或许是因为同病相怜，偶尔，我会梦见曾经帮助过的那个小女孩儿，她会安静地坐在草坪上微微抬起头看我。

她在一定程度上填补了我心中的空白，但我从未想过"她"竟然会是谢初一。

经过那件事情以后，我不再抗拒谢初一的靠近。我想，反正谢初一会输掉赌局，到时候他会识相地离开，我没有必要现在就不待见他。

于是我被动地接受了谢初一对我的好。

他会给我带早餐，在我一个人躺在草坪上睡着了的时候给我披上温暖的毛绒外套，他甚至会穿过半个城市，只为给我买我爱吃的限量慕斯蛋糕。

他把树莓蛋糕给我的时候，露出了两个浅淡的怡人的小酒窝，甜得仿佛掺了蜜一般，我的心脏漏跳了一拍。

蛋糕是荔枝和树莓掺杂的口味，酸酸甜甜的，我刚想谢他，却发现坐在我前面的林长安手里也拿着同款蛋糕。

嘴里的蛋糕顿时就不甜了，反而酸得发馊。

"嘘！"谢初一的手指抵在唇上，压低了声音说，"这是我顺便帮盛凌买的，让他送给林长安，我帮他追她呢！"

我一把推开蛋糕，认真地看着谢初一的眼睛说："谢初一，你真是个蠢蛋！"

我转身就想走，谢初一却拦住了我。

"怎么了？"他有些委屈地看着我，长长的睫毛遮住他漆黑眼睛的大半。

我明知道错不在他，他只是想赢得赌局，我却又万分介意他给林长安买了蛋糕。

这种轻微嫉妒的感觉，拉响了我心中的警铃。我做得最错的决定，就是放任谢初一来接触我，我掉进了他名为暧昧的陷阱。

我一把甩开谢初一拉着我的手，冷冷地对他说："你以后不要来找我，懂？"

"为什么？"谢初一锲而不舍地跟在我的身后，举着我没有吃完的蛋糕，噘着嘴不高兴极了，"我做了什么让你讨厌的事？明明刚才还好好的。"

如果再放任事态发展，命运的齿轮会再次转动，我会像"预言"说的那样爱上谢初一。

我决心要做一件过分的事，我接过谢初一手中的蛋糕，把它丢进了垃圾桶，然后转身对他嗤笑："你没有做什么令人讨厌的事，我只是单纯地讨厌你。"

07

那天之后，谢初一见到我就绕道走。

我心底五味杂陈，但我不断安慰自己，这样也好。

直到在星期日的午后，金黄色的光辉洒向大地，谢初一红着眼睛来找我。他像一只被人伤透了心的兔子，努力故作冷淡地抬着下巴对我说："你还记得我们的赌局吧？"

"当然。"我心里很不是滋味。

“一会儿盛凌要找林长安表白，在主席台那里，阵仗很大，你要去看的吧？”谢初一下意识地噘了噘嘴巴，补充道，“输了你就是我女朋友，你自己说的。”

这是一场谢初一注定会输的赌局，我点了点头：“我会去的。”

盛凌的排场真的很大，我去的时候一群人围在主席台旁。

盛凌捧着一大捧玫瑰花，拿着喇叭对着林长安喊话，而谢初一就站在他后面。他像是看见了我，但在即将跟我对视时，谢初一别开了目光。

“林长安！我喜欢你！你愿意做我女朋友吗？”

周围的群众开始喝彩，尖叫。

林长安穿着一件藕粉色的裙子，公主一样站在盛凌的对面。

在喧闹的人群中，我一点都不慌张，因为我知道林长安一定会拒绝盛凌，我的能力从来都不会出错．尽管这样，我的心却像是被什么东西拽住了一般，令我无法呼吸——很快我和谢初一就会不再相见，老死不相往来。

“盛凌。”林长安在台上沉默了许久，全场都安静了下来，所有人都感受到了林长安的不情愿，“对不起，蛋糕是谢初一给我买的吧？我喜欢的是谢初一。”

我张大了嘴巴。

现场失控了，盛凌大声地骂了一句什么，转身狠狠地一拳打在谢初一脸上。

08

我愣愣地站在原地，周围人群涌动，只有我僵硬得像一块石头。

林长安喜欢谢初一。

就算是再不喜欢她，我也不得不承认她长得很好看。

心头的嫉妒、愤怒、无力交织在一起，我只觉得双手在颤抖。人群中，我抓住了林长安的胳膊。

我动用了我的能力："林长安，我跟你打赌，谢初一绝对不会喜欢上你。"

下一秒，我看到了"是的"两个字。

不顾林长安诧异的眼神，我转身离开。

就在此刻，我终于知道了自己的心意——我喜欢上了谢初一。

我赢了赌局，却输掉了我的心。

谢初一不见了，我气喘吁吁地到处找他。

根据我们的赌局，谢初一再也不能出现在我面前，但是我无比想见他。

我跑过半个操场，跑过教学楼，跑到了那天我和谢初一躲过的橡树旁，谢初一想吻我的地方。

在那里，我找到了他。

我气喘吁吁地扶住膝盖，过度运动令我眼前发黑。

谢初一正半倚在树旁，他手捂着自己发青的下颚，看到我后神色立刻就变了，抬脚就要走。

"谢初一！"我拦住了他，"你跑什么跑？"

"我输了。"谢初一低下头闷闷道。

我心情复杂，一种心快要从胸膛里跳出来的感觉告诉我，我再一次输给了命运。但这一次，我心甘情愿，甚至不想再反抗。

"你没有输。"我胡乱地说，第一次有些语无伦次，"生命还很长，你怎么知道盛凌不会跟林长安在一起？"

"但是你不喜欢我。"谢初一并不看我，他显得闷闷不乐，"如果你不喜欢我，就算让你做我的女朋友也没有意义。"

我握紧了拳头，我说不出我喜欢谢初一这样的话，尽管事实如此。

"谢初一！"我抬起了下巴，风扬起了我的发梢，我冲他喊道，"你愿不愿意再跟我赌一次？这一次，我赌你会跟我在一起直到永远！"

谢初一抬起头，惊讶地看着我。

我看到他头上出现了两个大字——是的。

我想我并不讨厌冬雪，也不讨厌清潭，我很喜欢，就像喜欢谢初一那么喜欢。

◆END◆

同行

文 / 野有蔓草

"我们一东一西，在不同的世界里讲述着完全不同的故事。我们才不是同行。"

同行

//////// 文 ▶ 野有蔓草

杂食读者，甜文作者。想法百变，爱好创作幻想类小甜饼，努力摆脱拖延症中，微博名——野也有蔓草。

"这事儿你交给我准没错。"我喝了口水，我已经对着面前的中年男人喋喋不休了 41 分钟，显然对方并不为所动。

"我懂，丫头。"中年男人笑嘻嘻地往我的茶杯里加了点水，"不着急，让我慢慢想想。"

喊什么丫头呢，我暗自腹诽，旁边那个古董花瓶还没我岁数大呢。

我虽然算不上正式的事业编神仙，但好歹也算是天庭的实习生，你冲我许愿没准还会实现的那种。凭着这点小本事，不少客户在遇到我的时候都对我毕恭毕敬。

像我面前这位这样漫不经心的客户，我还是第一次遇见。在我找上门来之后，中年男人非但不惊讶急切，反而气定神闲地听我讲流程，像是在等什么一样。

"砰砰"两声，门被推开了。

一个西装革履、剑眉星目的年轻男人拎着公文包大步迈入房间，他身后的黑色翅膀无比显眼。他见我也在这里，嘴角不由得露出一抹笑："呦，老熟人也在。"

唉，这年头神仙也不好做了，尤其是连恶魔也来跟你竞争客户的时候。

我叫莫楚楚，237岁，按人类的说法，应该算是一名神仙。

先别忙着羡慕我长生不老，我也在羡慕普通人类。人类好歹有个退休年龄，而我呢，不眠不休，天天就收听愿望，实现愿望。说白了，就是一个高级点的电话接线员。

你们都去过景区吧，听导游讲望夫石、同心锁的时候，虽然嘴上都说着是封建迷信，但在心里也会默默许几个愿望，反正不许白不许不是。

我呢，好巧不巧就是传说中等人的那个傻子。

月老看我可怜，告诉我，只要我满足了后人999个愿望，便能和我等待的人重逢，找到属于我的那条红线。

我兢兢业业地完成了938个愿望，眼看着马上就要完成任务功成身退了，奇怪的事情发生了。

就在我经历了挤着上班高峰期的地铁跑到了市中心，遇上电梯超重只能用腿爬上写字楼的十八楼这些倒霉事情后……我好不容易才汗流涎背地站在了客户面前，对方却一脸纳闷地看着我。

"啊？我的愿望已经实现了。"

站在旁边的帅气恶魔一幅衣冠禽兽的模样，笑眯眯地冲我打了个招呼。

客户看了我一眼，又看了恶魔一眼，突然意识到自己做了件傻事。

"神仙姐姐，要不，我再许个愿呗？"

我没搭理他，却牢牢记住了这个突然出现的恶魔的名字——苏齐。

按理说，实现愿望这种业务并不会重复分配给手下的人，但奈何东方神话和西方宗教不是一个系统，我们对彼此的存在毫不知晓，所以才有了我俩争夺客户这一出。

我打听了一圈才知道，这个苏齐原本并不负责我们这一片的业务，奈何他业绩太突出，他所属地区召唤恶魔的速度比不上他完成愿望的速度，于是干脆也兼任了我们这片地区的任务。

哦，我懂了！我在心里一边痛骂，一边痛哭流涕。

苏齐的出现，让我原本就并不富裕的客户资源愈发捉襟见肘。以往大家对我的到来都是诚惶诚恐，十分感激，现在我一去他们都是一脸烦躁：怎么又有人来了？你们神仙会不会做事啊？

看吧，就算是神仙，当乙方的时候还是很卑微。

再这样下去，我每个月的基础 KPI 都要完不成了，更别提找到我的红线了。于是我只能被迫加班，往日里我看不上的愿望也突然成了香饽饽。所以我才找上了眼前的中年男人，和所有男人一样，他的愿望是：升官发财。

现在，他的职位刚刚升了一层，只剩下地球人永恒的梦想——暴富。

然而冤家路窄，好巧不巧，这次我又遇上了这个该死的苏齐。

看着笑眯眯像只狐狸一样的苏齐，我这个正统的东方神仙，第一次有了想拿出十字架的冲动。

同行是冤家，这话不假。

表面上我跟他谈笑风生，偶尔还能一起站在路边摊上吃个烤冷面，但实际上，我早就恨他恨得牙痒痒，整日诅咒他赶紧去十八层地狱。

哦，他好像就是从那儿出来的。

可苏齐非但没走，我还天天被气得快要去世。因为自打遇到苏齐，就没好事发生过，比如说现在。

"您好，王先生。"苏齐从公文包里拿出几张纸摆在中年男人面前，"就是您画阵法召唤我来的，对吧？我已经接收到您的愿望，这是合同的具体条款，风险告知书也需要您确认一下。"

"王先生，刚才可是我先来的。"我委婉地提醒着这位一看就不好应付的中年男人。

王先生笑了笑，一边说着，一边拿起了苏齐带来的合同："不急，我先看看。"

"是该多看看，您放心，我们是正经机构，牌照齐全。"苏齐在最后四个字上发出重音，就像在说天庭是个小作坊一样，"我也是有恶魔执照的。"

过了一会儿，王先生放下合同，指了指上面的某个地方："也就是说，只要我付出部分寿命，你就能实现我提出的任何愿望。"

还没等苏齐回答，我先开了口："折损阳寿，这买卖怕是不太划算。实现心愿这事儿，讲的是心诚则灵，多做善事就行了。"

苏齐笑着看向我，他的脸上挂着永不消逝的笑容，让人看不清他月牙一般的笑眼后面究竟是什么情绪。

他不慌不忙，双手交叉放在了翘起的二郎腿上，游刃有余地开口："据我所知，向望夫石许愿，虽然有实现的概率，但却无法保证自己的愿望什么时候实现，以什么形式完成，就算缺斤少两也不奇怪。只有这种程度，也算是满足王先生的心愿吗？"

王先生显然是被我们两人的对话说动了，面上游移不定。

我不肯认输，咬着牙回击："你们恶魔真的能完成心愿吗？古往今来，跟你们恶魔签订契约的有几个有好下场，都是出卖灵魂给你们作恶不是吗？"

"那已经是过去了。"苏齐的笑意不减，"现在的我们，是新社会里有诚信、有理想、有道德、有文化的四有恶魔，我们更应该被称为梦想投资家才对。"

"少来花言巧语。"我嘴上骂着对方信口开河，心里却悄悄记下了他这一套话术。

我学废了！啊不，我学会了！

"都不错，这样吧。"王先生摆了摆手，吐出一串我听不懂的名词来，"咱们搞一个微型招标，大家公平竞争，标书费就不收了，你们提供一下近三年的相关业绩、投诉情况和信用报告以及付款方式和交货期，设计一个满足心愿的方案，报价部分和方案部分各五十分，按分数排名。"

我被这几个词哄得一愣一愣的，还没完全理解他说的是什么意思的时候，苏齐脑子转得飞快，脸上的笑容缓缓消失不见了。

"您似乎并不在乎这次契约呢。"他的语气又冷又硬，"既然如此，似乎也不必谈了。"

我这才知道他为什么始终挂着笑容，他不笑的时候，整张脸精致得失去了人味，仿佛能随时露出獠牙，证明自己地狱来客的身份。

王先生似乎没想到恶魔的变脸来得如此迅速，额头上渗出细密的汗珠来。

"请王先生支付一下本次违约的费用。"苏齐继续道，"飞机航班来回路费、酒店住宿费、时间消耗费……共计四十一万八千零九十二块五毛七。"

"不……不对，我明明还没签字！"

"要知道，您在召唤我的时候是在阵法里写了名字的。"苏齐又拿出一张纸来，王德先三个大字清晰可见，"还是说，您想毁约？"

"不，我不是那个意思。"王先生汗如雨下，连忙矢口否认。

姜还是老的辣，心眼还是恶魔的坏。我不得不承认，在威逼利诱这方面，我以为他在第三层，实际人家在第八层。

啊不对，我不能认输。

我拽了拽恶魔先生挥舞起来的翅膀："怎么？要逼着人家签字？"

苏齐低头看向我，脸上又挂上了那个面具一样的笑容："莫小姐还有什么想说的？"

"我觉得竞标挺好的。"我硬着头皮，"只不过不需要那么麻烦，三天内，我们谁先做出成果就算谁的业绩不就行了？"

我本来以为苏齐会断然拒绝，没想到他居然出乎意料地答应了："可以啊。"

我有点意外，看来这个恶魔还残留着点人性。

"反正白费功夫的也只会是莫小姐。"

哈。我果然不该对恶魔抱有任何幻想！

王先生是个搞房地产的，难怪来甲方那一套那么容易。

我一听这职业不由得拍了一下大腿，搞房地产的想要挣钱还不简单，还有哪个行业比卖房子更容易赚钱吗？

王先生苦笑了一下，他作为基层业务员混了十几年，前一段好不容易才当上项目经理。赚钱这事儿，向来跟他没什么关系。

"不急，我们来分析一下。"

我认真地记着笔记，把他的所有优势都记在了我的本子上。

而旁边的苏齐仿佛对我们的对话毫不关心，一边打着哈欠，一边自顾自地玩着手机。

"喂，你真的不听吗？"

趁着王先生接上司电话的工夫，我拽了拽苏齐的黑色翅膀。

苏齐抬起头看了我一眼，随后又低下头看着手机："了解他干吗？一个无趣的中年人。"

我哑口无言,一方面是没想到他会这样回答,另一方面也不得不承认,他说的话没错。

王先生的事情有些棘手,他就像所有湮没在人群中的中年人一样,不再年轻,没来得及掌握地位,不幽默,没才华,缺人脉……纵然我有超凡之力,也无法让不合逻辑的事情发生,这是我们入职时背诵的第一条法则。

如果是往常,还能慢慢发展,但如今有了苏齐在一旁虎视眈眈,要想三天内比过他,不是嘴上说说那么简单。

焦头烂额的我跑上天庭找了财神爷,肉疼地花了一万块钱打听赚钱的方法。

财神爷听见支付宝到账的声音,眉开眼笑地指了指我的手机:"关键就在里面。"

我这才想起来,人间最赚钱的项目是什么,自媒体啊!

于是,我打着调研的名义在各大网站逛得眼花缭乱,差点把自己沉迷进去。清醒之后,我回过味儿来,自己这明明是给财神爷交了智商税!

我还没来得及悔不当初,脑海里灵光一闪——悟了!这年头,还是教别人如何赚钱最赚钱。

就你了,财经区 UP 主!

我搬来单反、三脚架、反光板和打光灯,还附赠了我拙劣的化妆技术,本来就很能忽悠的王先生在镜头里显得更加像一个神棍。

一天下来,王先生对我信任了许多。

毕竟相比于恶魔苏齐懒洋洋趴在那里看着的样子,我尽心尽力的模样当然显得靠谱得多。

"今天是周末，我要休息。"苏齐看着我忙里忙外，一边啃着一个苹果，一边戳了几下相机的液晶屏，"再说了，你不是正忙着吗，我不方便打扰。"

"少添乱！"我拽着他摇来摇去的尾巴，把他丢出了房间。

我信心满满地把相机里的素材带回了家，一切都在按照我的计划顺利进行。离之前的约定只剩下最后一天了，这一次我一定会抢下这单客户。

第二天快到中午的时候，我正在电脑前努力奋斗，睡眼蒙眬的苏齐人模人样地走进屋里，见王先生正在电脑桌前摸鱼，这才走到了他身边。

"就这个，这个，还有这个。"苏齐指了指屏幕。

我听见他说话，好奇地抬起头来，奈何电脑屏幕被他的黑翅膀挡得严严实实。我在心里默念不生气，打算待会儿下了班去吃烤鸡翅给自己庆功。

被烤到墨黑的那种！

我把视频放到网站上之后，播放量涨得飞快，我仿佛已经看到了苏齐灰溜溜离开的样子。

下午不知道跑去哪里的苏齐终于回来了，他笑眯眯地看完了我做的视频，夸了一句："真厉害。"

很好，一点儿都听不出来是嘲讽呢。

我懒得理他，直接看向了王先生："是时候做出决定了吧。"

王先生显然也很开心，激动地点了点头，朝我走来。

我们握住了手。

我已经准备好欢呼了。

"很抱歉，莫仙姑，我们下次有机会再合作。"

"哈哈哈哈嗝……啊？啊啊啊啊？"

我看着面前两个抱在了一起的人，觉得自己像是被出轨了一样。

"为什么？"

王先生掏出自己的证券账户，笑得直不起腰："全——涨——停——啦——"

原来上午苏齐是在让他买股票。

怪不得昨天苏齐什么也不干，毕竟周末股市并不开市。

"怎么会？明明恶魔行业也是禁止直接改变人类的社会运行规律的！"我难以置信地看着屏幕上的一片红色。

苏齐一脸无辜："没有呀，他们都是我的老客户，合作一下，互利共赢而已。"

我：……

喂？证监会在吗？我要举报。

◆○5◆

今晚的烤鸡翅没了，改成了烤全鸡。我大口大口地啃着鸡翅，想象自己嘴里的就是苏齐的翅膀。

过了一会儿，苏齐也走了下来。看着他把钢笔塞进胸前的口袋，我冷哼一声。

"谢谢啦，这是我的第一千三百一十二个任务。"苏齐在我面前坐了下来，毫不客气地捡起了另一只鸡翅，"还有最后一个愿望，完成之后我和上一级恶魔的契约就会结束了。"

我愣了一下，很快反应过来："不用谢，喊两声爸爸来听。"

说实话，听到他的任务马上要结束的时候，我心里除了羡慕，还有几分莫名其妙的……不舍得。

我们可以替所有人完成愿望，除了自己。我们确实是冤家，你争我抢，等待着自己不知何时才会结束的命运。但我们又是这个世界上，唯一一个理解对方的人。

如果他离开，我不再有敌人……但同时，我也不再有朋友。我低落了一阵子，突然意识到了什么。

不对啊，要是没有这家伙，恐怕我也差不多结束任务了吧！

想到这里，我刚刚的半分愁绪就一点儿也不剩了。

我把鸡架子摔到桌上，气鼓鼓地说："那这顿，你结账！"

我就应该趁他还没走，多吃他几顿才对。

不过我俩谁也没想到，他的倒数第二个任务，会完成得如此艰难。

再见到他的时候，已经是一个月之后了。这一个月没有苏齐跟我对着干，我的水逆期似乎结束了。

哦对不起，东方神仙是没有水逆的，那属于西方占卜。

总之，我的任务进行得很顺利。我以为这是因为苏齐早就已经完成了最后一个任务，我又成了这片地区唯一一个打工仔。

直到我看见一个黑翅膀忽闪忽闪，在人群里异常显眼。

"所以，你被算计了？"

听完苏齐的话，我忍不住哈哈大笑起来。

苏齐的嘴角依旧是轻微的笑意，像是一点也不气恼："我也没想到，他会贪婪到这种程度。"

有了苏齐的帮助，王先生的财运很快就滚滚而来，他的资产很快在股市里翻了一倍。可他并不满足，他索性从原公司辞了职，想要自己出来单干。

苏齐也非常听话地帮助他运转好整个公司，就在公司逐步走向正轨，每月的盈利足以让王先生过上财务自由的生活的时候，苏齐向他提出了离开。

王先生一改往常的好说话模样，冷笑着吐出一句："你之前那些客户的公司都能上市，为什么我不行？"

"您提供的寿命只够帮您到这里了。"苏齐鞠了个躬，转身离开。

"等一下。"王先生叫住了他，"当时我们签订的契约上，写的是只要我付出十年寿命，就可以实现财富自由没错吧。"

"是的，我们也对财务自由下了定义，标准就是您的资产产生的被动收入超过您的日常开支，有什么疑问吗？"苏齐的笑容渐渐消失。

"明天，我要去首都生活。"王先生一改往日的懦弱，面容显得猖狂无比，"我现在的资产可以在这个十八线小城活得很好，可到了首都就不一定了吧。

"恶魔先生，你说，我的愿望实现了吗？"

我看着沉默的苏齐，忍不住开口："你现在继续帮他在首都立足，就算实现了，他又提出要去Ａ国怎么办？"

一个目标达成了，还有下一个，在无穷无尽的欲望中，苏齐还要等待多久？

"所以你们还需要多久？"半晌，我问出了口。

我是第一次见苏齐沉默了那么久："我不知道，也许是明天，也许是在他死后。"

不知道为什么，我眼前突然浮现了另一个身影，一个我等待了两百多年的家伙。

他们明明一点儿也不像，我等待的那个人时而冷峻，时而温柔，胸有沟壑万千，立志为万千百姓的幸福付出自己。而苏齐却总是笑着，尽管笑容里只有无尽的恶意和嘲讽……但看着垂眸的苏齐，我却意识到他们其实是极其相像的。他离开的时候，也是这样，明明离他期待的一切只剩下最后一步了。

但这一步，却比天涯海角还要遥远。

我决定了，我要帮苏齐一把。

◆06◆

神仙也是有工龄福利的，我干了两百多年，终于有资格兑换我最想要的那个奖励——双色球一等奖。

我惦记了这玩意儿有多久，我给王先生彩票的时候就有多心痛。

"说好了，你把彩票给我，我就解除契约。"王先生的眼睛死死盯住那张小纸片，似乎那样就能从背面看到号码。

我摇了摇头："你先解除契约，我再把彩票给你。"

"莫仙姑，这样下去我们还谈什么买卖呀，爽快点！再拖下去，苏先生迟早会发现的。"

听了这话，我心里一动。

我可不想被苏齐发现自己跟王先生居然做了这样的交易，毕竟我们是竞争对手。哪里有给自己对手帮忙的道理！

我甩了甩头，把乱七八糟的念头抛在脑后，提出了合作的办法。

我把彩票寄了出去，交给快递员之后，王先生终于拿出了那张合同，抹去了苏齐的名字。

苏齐感应到契约的解除，仗着他那对黑色翅膀，从天而降地站在了我面前，直直地盯着我。

"你花了两百年才攒到这么一张。"

"还好，也没有那么久啦。"我耸了耸肩，装作满不在乎的样子。

苏齐不再回答我，转身看向笑眯眯的王先生："王先生，我们的合作到今晚十二点为止正式结束，很高兴能够为您服务。现在您的命令仍有作用，股票的涨停还会继续。"

面对这意外之喜，王先生毫不怀疑，兴高采烈地拿出手机查看自己的股票。

"哈哈哈，又……涨……"笑着笑着，王先生觉得自己的喉咙突然发紧，再也发不出任何声音。

下一刻，天旋地转，他只听见苏齐冷静的话语："按照您获得的资产，我们已经取走等额的寿命。期待您的……再次光临。"

只可惜，王先生再也没有回答的机会了。

看着突然倒下的王先生，我意识到有些不对："今天是周末！现在股市不该有变化才对，你是不是违反了……"

　　苏齐制止了我继续说下去，他微笑着摇了摇头："有些恶魔，就应该用恶魔的手段来克制才对，神仙是杀不死他们的。"

　　"你怎么那么傻啊！"我被他气疯了，郁闷地坐在了台阶上，"少涨这一次，他的寿命也只够多活几个月，你为什么非要违反行业规范，直接出手影响人类社会运行啊？"

　　苏齐再一次沉默了，却依旧笑着，这是我第一次觉得他的笑容和普通人类比也没什么差别，只有不带丝毫恶意的温柔。

　　"要不然，你的彩票就变成他的了。"

　　站在我身后的恶魔摸了摸我的脑袋，他的动作轻柔得像阵风，我本应该无法察觉。可路对面的橱窗忠实地倒映出我俩的身影，记录下一个稍纵即逝的姿态。

　　在那个瞬间，我百年来都始终平静的心脏，突然剧烈跳动起来。

　　这段时间，城市的上空不断有长着黑翅膀的恶魔飞来飞去。我知道，这是恶魔行业协会在调查苏齐。

　　被调查的不止这最后一桩任务，还有他之前做过的一千多个任务。他们把一桩桩事情翻来覆去地问，试图找出任何一个能够加重他罪行的事件。

　　我拿着那张被快递退回的彩票，回到了天庭。

人类的愿望神仙来实现，那神仙的愿望呢？

"你确定要去找大帝？"我的月老上司从来不管这些乱七八糟的事，这次却头一次对我提出了质疑，"为了一个恶魔？"

看我执意要去，月老语重心长地开始骂了："我这可不是职业歧视啊，现在我们也不流行污名化恶魔那套，但再怎么说，自打他来到你的领地，也不过七年时间，他抢了你那么多客户，你现在反而要去帮他，你脑子坏掉了吧！"

我紧紧攥着那张彩票，他说的对，我们是冤家，是对头，是敌手，可是……

"你懂什么，我这买卖明明划算得很！等我救了他出来，他铁定对我言听计从，我又拿了头等彩票，又多了个小弟，一举两得！"

想不到，有一天我还有胆子吼自己的上司。趁月老还没反应过来，我已经跑到了大帝的办公室里。

没有什么是老大解决不了的，如果有，就找老大的老大。

这是天庭里流传已久的口诀，大帝的写字桌，就是我们神仙的许愿台。当然，许愿也是有条件的。

"老规矩，我需要你最珍惜的东西。"

我点了点头，我觉得大帝多半会要那张彩票，在我心里，有什么会比一亿元还重要呢？

当然，他也可能会把我记着九百多件工作的记录手册拿走，那样我这两百多年就白干了，妈呀，想想就真的心疼……

就在我胡思乱想的时候，大帝已经决定了。

"就你脖子上的那条项链好了。"

我愣住了，下意识地摩挲起了那个不起眼的银锁来，闷闷不乐地开口："这玩意不值钱的。"

两百多年前，我从那个抠门鬼手里收到这个礼物的时候，也曾以为是什么稀奇玩意，喜滋滋地在全城人面前炫耀。

哪知道第二天，我就在他亲姐和母亲脖子上瞧见了一模一样的。等我再去银饰铺子扫一眼，这条项链正折了价挂在那里卖呢。而且是买二赠一，我这条可不就是那个赠品吗？

"不值钱？那你又为什么如此看重它呢？"

我被这话问得哽住了。

我也想问，明明他送给我的只有这一把廉价的银锁，我为什么要回赠给他自己的爱意？明明从未与他定下等候的约定，我为什么非要苦苦张望了几百年？

但时至如今，连记忆里那个人的面孔也早已模糊了，我现在再回想当时的心情，也说不清那一厢情愿的执着到底算什么。也许，这条只有等待的路本来就是错的。

终于，我把项链解下来放在了桌子上。

大帝还给我一根金色的羽毛："把这个拿给苏齐看，他会告诉你怎么用。"

而当我找到被困在酒店房间里的苏齐的时候，他脸上罕见地没有笑意。他看着我手中的金色羽毛，恶魔的怒意突然暴发："我根本不需要你来救我！"

这是他第一次对我如此冷酷。

"选择影响人类的是我，违背规则的是我，我会如何，和你有什么关系？"苏齐冷笑着请我出去，"至于这根羽毛，哪儿来的还哪儿去！"

"不要想太多，这都是看在我们是同行的面子上我才可怜你的。"我一边被轰出门外，一边忙不迭地说，"你出来后多请我吃烤鸡翅，听见没啊喂！"

"我们是哪门子的同行？！"

看着被狠狠拍上的门，我心头的热血也忽地冷却下来。

确实。

东方讲究的是回报，以善报善，以恶报恶。他为我犯下大错，我便还他无罪的身份。

西方讲究的是契约，约束双方，违背必究。他身处于规则中，就得独自承受那后果。

我们一东一西，在不同的世界里讲述着完全不同的故事。

我们才不是同行。

大帝骗我，金色羽毛根本解决不了问题。我快快不乐地把羽毛放好，猜测着苏齐会被如何处罚。是会被赶回地狱成为劳工，还是任务清零重新来过呢？我不知道。

我只知道，苏齐不要这根羽毛，我的项链也回不来了。

不过没关系，我还有事业。

专注于客户的我进度条读得飞快，很快，我需要完成的愿望就只剩下最后两个了。在这段时间里，我已经习惯了脖子上空荡荡的，早就想不起自己戴项链的样子，却在不知不觉间养成了眺望天空的习惯——天上飞过的恶魔越来越少了，一切大概是结束了。

我摇了摇脑袋，把脑海里的苏齐甩到一边，接下了自己倒数第二个任务。

这次的客户叫薛在歧。

我揉了揉眼睛，又认真地看了一遍名字和照片。没错，我等待了二百多年的那个家伙，终于出现了。

十分钟后，我看着眼前的话痨十分无语。这个絮絮叨叨的恋爱脑到底是谁啊？！怎么跟我小时候暗恋了十年的竹马长得一模一样？

我认识的那个薛在歧，一生都在为天下人能衣食无忧而读书，对爱情完全不感兴趣。怎么转世了几个轮回，居然变成了个痴情种，最大的愿望就是跟前女友第八次复合。

再次见到他的时候，我的心情并没有我想象中的那么激动。而如此迥异的性格，更让我心中原本残留的几分愁绪完全清除了，我根本无法把眼前的男孩儿跟我记忆中的那个人对上。

最后我就只剩下一个念头，我倒要看看，把他甩了七次还让他念念不忘的女孩儿究竟是什么样子。

呵，果然男人都一样。

我站在七楼，看着对面楼上肤白貌美的大长腿白富美，心里毫无波动，一一数着对方的优点：初恋脸、富家千金、会撒娇……等会儿，她撒娇的对象好像有点眼熟。

就在我鬼鬼祟祟偷窥的时候，站在白富美身旁的高大男人突然抬起头，脸上还是一如既往地微笑着，身后收起的黑色翅膀再次展开。

他越近，我的心跳越急切。我不知道那是什么心情，就只是呆呆地看着苏齐飞到了我眼前。

他冲我招了招手："呦，老熟人也在。"

我缓缓抬起手，恶狠狠地关上了窗户："我不认识你！你谁啊！"

我没生气，我脾气超好的。

◆◇9◆

我单方面的冷战以苏齐请我吃一个星期的烤鸡翅告终。

毕竟这件任务还需要我们配合完成。

想要完成薛在歧的愿望非常简单，因为苏齐最后一个任务对象——白楠楠就是他的前女友，好巧不巧，对方的愿望也是复合。

其实，两个人闹来闹去的原因很简单，这都要怪薛在歧身上被人施下了法术的银镯。

他其实并不是话痨，但因为法术，不管他想起什么，就全一股脑儿地脱口而出，就因为这个，白楠楠没少嫌弃他。

"这个镯子我打小我妈就给我戴上了，后来怎么也取不下来，就一直没取下过。"十分郁闷的薛在歧把右手伸了出来，我这才发现这镯子异常眼熟……两百年前，我好像也在他手上见到过。

我下意识地伸手去拿，竟就这样把它取了下来。

我们俱是一怔，随即薛在歧突然欣喜若狂地叫了起来："我没开口！

我不用说出心里话了！"

而我却盯着镯子内部刻着的"讷言"两个字出了神，我认识的薛在歧向来言行谨慎，便刻了这两个字来提醒自己。可到了现在，这镯子却会让人一股脑儿把自己的心里话全部倒出。所以是不是到了后来，他也在后悔当初没能说出一些话呢？

谁也不知道，我放弃了，什么也不想再去探究了。

我当初向月老许下再次见到薛在歧的愿望，才有了今天的任务，但如今真的见到了，却没有资格说出任何话了。

苏齐看我还在一个劲儿地盯着那镯子，不知道在计较什么，趁我不注意抢到了自己手里。

没了镯子上的法术，这几天薛在歧的追妻之旅进行得很顺利，我和苏齐坐在高高的天台上，看着下面的两人逛夜市。

我突然想起来，苏齐这个西方恶魔并不知道这镯子到底附加了什么法术，我突然产生了恶作剧的冲动，笑着把手镯套在了他的手腕上。

"你这是要干吗？"

"对了，我还没问你呢，你后来被怎么处理了？"我先问了最好奇的事情，"为什么不让我帮你？"

"那件事本来就不是我的错，是审核契约的部门出了纰漏，把条约模糊的契约分配给了我，我只不过是配合调查而已。"苏齐也有些惊讶自己居然说了这么多，"当时还在保密时期，没办法告诉你，至于黄色羽毛……"

他的神色严肃了许多："那是通往恶魔行会的门票，许愿就得付出代价。"

"我不想要你去。"最后一句轻得像是一句自语，刚刚说出这话的苏齐露出震惊又迷茫的神色。

听到这话，我的脸有些发热，我有点紧张地看向他，这才发现，苏齐也正注视着我，不知有多久了。在月光和霓虹灯的照射下，他的面庞上是游移不定的光芒。

"莫楚楚，要是我们可以一起待在这里……更久一些就好了。"

苏齐终于意识到哪里不对，他连忙取下手镯塞给我："我的最后一个任务结束了，我要回办公室拿东西了。"

从夜市浮上来一个小小的光点，融进他的身体里，那是任务完成的证明。

我还没来得及理解他刚才说的那句话究竟是什么意思，眼前的人就消失得无影无踪，只剩下掌心里依稀可以察觉到温热的镯子。

◆❿◆

"都怪你！你为什么要把我的红线牵给苏齐啊！呜呜呜……"

眼看着只剩下最后一个愿望我就能结束在神界的任职，光荣退休了，我却异常倦怠地回到天庭，整天缠着上司月老抱怨个不停。

"哎呀，我只管姻缘，当时给你牵红线的时候不小心打了个喷嚏，我也不知道另一头飞去哪儿了。"月老看着我幽怨的眼神，往后缩了缩，"至于动心不动心的，那不归我管，你去找丘比特好啦！"

我想我大概是得罪了丘比特吧，当年对薛在歧动心的时候，他心里只有事业。现在对苏齐动心，他正好变成了人，我要去哪里才能找到他？

哈哈，我不想活了。

带薪休假了一个月，再也忍受不了我的月老把我推下天庭，我浑浑噩噩地跑到望夫石下翻看任务。有些奇怪，这一个月里有一个任务重复出现了三十次，显然有人每天都在这里为对方许愿。

也不知道是谁这么幸运，天天有人为她祈祷。

我恹恹地看了一眼名字——莫楚楚。

嗯？

再看一眼许愿者的名字——苏齐。

我的脸腾地一下烧了起来。

"所以，你会接受我的许愿吗？"身后传来的声音异常耳熟，我扭过头，看见了刚刚爬上来的苏齐。

苏齐试图装作一副豁达的样子，但眼神的飘忽证实了他的局促不安："你在等的人就是薛在歧吧，但他这一世好像又要辜负你的心意了……

"所以我想说，没有他，我也希望你能幸福。"

我点了点头，仿佛看到了这三十天来，苏齐每一天都从市区跑到郊外，再一步一步爬上山峰，望着这块石头诚挚祈祷的样子。

他在心里一次又一次地默念："希望莫楚楚找到一个喜欢她的男朋友。"

"就这？"我痛心疾首，"你怎么不学聪明点，许一个希望莫楚楚一夜暴富的愿望？我好不容易才有了个以权谋私的机会！"

　　唉，苏齐真笨，什么都得我亲手教他。

　　我叹了口气，握住了他的手："算了，我大人有大量，就勉为其难地实现你这个愿望吧。"

◆END◆

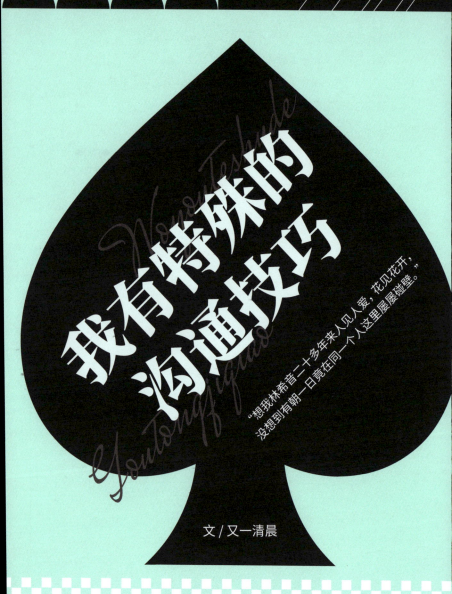

我有特殊的沟通技巧

Woyouteshude Goutongjiqiao

"想我林希音二十多年来人见人爱，花见花开，没想到有朝一日竟在同一个人这里屡屡碰壁。"

文/又一清晨

WOYOUTESHUDEGOUTONGJIQIAO

我有特殊的沟通技巧

文

又一清晨

沈二狗的电话打过来的时候，我刚收拾完家里的猫主子。由于不满意我单方面断了它夜宵的决定，在反抗无效后它故意打击报复我，尿了我一身。

我一边接通沈二狗的电话，一边用眼角的余光留意着窝在猫窝里跟我闹脾气的大白。

"喂，是我，林希音。"

电话那头传来沈二狗低哑急促的声音，混着隐约的警笛声和嘈杂的背景音，我听见他说："阿音，小枫叶死了。"

我来不及换衣服，胡乱披了件外套就出门了，临走时大白对着我的背影愤愤不平地喵了好几声，大概意思是："你走吧！出了这个门就别再回来啦……"

我从小就能与猫咪交流对话，不管是公猫还是母猫，波斯猫还是加菲猫，流浪猫还是家养猫，都无比顺畅，毫

　　无障碍。我把这归结为上帝偶然赐予我的特殊的沟通技巧。

　　沈二狗原名叫沈翰林，是我在公安大学读书时的同学，后因臭味相投，相见恨晚结为至交好友。

　　我俩混一起时，墙没少翻，课没少逃，架没少打。我常常宽慰他："不听老人言，开心过四年。"毕业之后，我继续读了刑侦，沈二狗也终于洗心革面，不负众望地成了一名光荣的人民警察。

　　我这人散漫惯了，脾气又不好，最讨厌被规矩给管着，在成为沈二狗的王牌外援之前，我曾做过一段时间的私家侦探。本以为能大展拳脚，成为让黑恶势力抖三抖的存在，可没想到空有一身才华，接的活儿全是些鸡毛蒜皮的破事儿。

　　什么查开房记录、跟踪女秘书、往法拉利上装针孔摄像头……被渣的女人们在我面前要死要活，哭天抢地。我捂着深受茶毒的耳朵朝她喊："大姐呀，男人千千万，不行咱就换，三条腿的蛤蟆难找，两条腿的男人遍地都是……"

　　以至于后来我在网站页面上特意标明：抓小三不干，出门右转电线杆。

　　小枫叶失踪是我参与的第一个正儿八经的案子。

　　五岁大的小姑娘在菜市场与外婆走失，差点就被人贩子拐走卖到山沟沟里找不回来，万幸最后还是被救回来了。

　　原以为孩子得以归家，结局圆满，顺利结案，可谁知在这个节骨眼上发生这样的变故，沈二狗竟然告诉我，孩子死了。

到达现场时，单元楼前已经围了一圈住户，我拨开人群走进去，已经有专业人员在做笔录了。

沈二狗紧锁着眉头站在一旁，整个人都没什么精神。

"立正，稍息，振作起来啊兄弟！"我拍了拍他的肩膀，张开双臂虚虚抱了一下他，"查出什么了吗？死因是什么？"

"中毒，磷化锌。"

我看了眼化验单，这是老鼠药的成分。

小枫叶的外婆哭得不省人事，现在还昏迷在医院的病床上。我仔细打量着祖孙俩这些年来一直住着的这间四十多平方米的小房子——客厅里陈设极为简单，一张吃饭的小圆桌，一套旧的组合柜，还有一台带着天线的老式电视机，与上次来时没什么不同。

卧房的门虚掩着，能看到床脚处散落的半盒蜡笔。

我推开门走进去，正好与里面要出来的人撞了个满怀。一米九的大高个，我得四十五度仰头才能看见他的脸。

不错，长得是真帅，脸也是真臭。

"谁放进来的？办案现场，闲杂人等出去！"

我毫无心理准备，被他凶得一愣："我……"

反应过来后，我想掏出证件往他脸上砸来着，奈何手在身上摸索了半天，突然想起自己没换正装，只好扭过头去对着走廊里的沈二狗喊："沈翰林！"

市刑警大队的副队换了人，王队上周刚办了交接退居二线，新上任的副队正是眼前这个首都特派的高才生——贺秋白。

沈二狗不留痕迹地对我进行了好一顿赞美，饶是我这百毒不侵的心理素质，也听得脸红心跳。

不过高才生好像并不怎么感兴趣，他只是用他低垂的眸子极淡地瞥了一眼我印着大嘴猴的纯棉睡衣，然后一句话没说就走开了。

"喊……"我翻了个白眼，拽什么拽，本姑娘还不稀罕搭理你呢！

忙活了大半夜，该看的都看了，该问的也问了，人也都走得差不多了。

我站在阳台上往远处看，从这儿能清楚地看到市中心彻夜明亮的大厦和彩灯，而脚下踩着的位于城乡接合处的这座新化小区，实在是太破旧了。

我捏着一条沾着面包屑的毛巾与沈二狗通话，他那边刚结束会议。

"绝对不会是误食，怎么可能？"

"不用等刘老太醒过来，你见过家里养猫还会用老鼠药的吗？"

我顺着室内照过来的灯光，轻轻捻起毛巾上细微的猫毛："这味道我太熟悉了……所以现在要做的就是找到那只猫。"

03

作为人，我从来不觉得自己比其他动物高等或是更聪明，所有的自以为是往往都是源自对未知的无知，尤其是当你越深入了解某种动物，这种体会就越强烈。

就比如说猫。

"嗨，伙计，要吃小鱼干吗？"

长椅上晒太阳的那只黑猫懒洋洋地眯着眼睛："傻人，你是在跟我说话吗？"

这是只家养的猫，一瞧就是平日里不缺吃不缺喝的主儿。

"对啊。"我在它旁边坐下，顺手撸了一下它的尾巴，真舒服啊。

大概是与它说这种话的人不少，可真正回答它的仅有我一个，它用两个乌黑的琉璃似的眼珠死死盯着我，全身的毛都竖起来了。

"喵，你能听懂我说话？你竟然能听懂我说话！天哪……这太奇怪了！"

这些天，我提着小鱼干几乎把新化小区里的猫喂了个遍，不过收获甚微。它们的反应大多相似，无外乎是先对我能与它们交流表示震惊，然后心安理得地接受我的礼物，最后轻飘飘地告诉我一些无关紧要的事。

"那个小女孩不太爱讲话，柔柔弱弱的，经常一个人玩……"

"对对，和她外婆关系很好，那老太太很疼她，每天都会给她买面包……"

"是养了一只猫的，不知道从哪儿捡的，那兄弟长得可丑了，被车撞过吧，是个跛子……我从来不跟它一起玩……"

"它去哪里了？这我哪儿知道啊……"

它们告诉我的这些，我大多都能从小区的居民口中得知，实在算不上什么秘密或者有价值的线索。我叹了口气，决定打道回府，把今天袋子里的最后一点儿口粮送给躲在垃圾桶旁的那只小花猫，盘算着明天再去医院问一下情况。

"她是死了吗？"

"嗯？"我意识到它问的是小枫叶，蹲下来伸手轻轻揉了揉它的耳朵，"是啊，她被坏人害死了，不过姐姐会给她报仇的。"

小花猫吃着鱼干，舔舔嘴巴，喵喵地叫着，说出的话却把我吓了一跳。

它说："坏人为什么要害她呢？她都已经快要死了。"

04

"天将降大任于斯人也，必先苦其心志，劳其筋骨，饿其体肤……"

小区后面的垃圾箱一周清理一次，我半个身子都快趴进去了，终于在一众恶臭的不明物体中找到了小花猫口中小枫叶扔掉的那块手帕，皱皱巴巴地团在一起，上面的血迹已经干涸了。

我把手帕送到刑警大队，沈二狗不在，倒是又遇上他那顶头上司贺秋白了。一身警服衬得他整个人气宇轩昂，他板着一张不苟言笑的脸，犹如一架行走的制冷机。

他手里拿着一份市医院的档案，密密麻麻的好多字，我瞅了一眼，只看到白血病这三个字。

"小枫叶的吗？你们查出病症了？"

贺秋白终于肯用正眼瞧我了，不过嘴都没舍得张开，就嗯了一声，之后转身大步离开。

我望着他的背影忍不住吐槽："一字千金吗？跟人说句话跟挤牙膏似的。"

旁边一名女警路过，疑惑道："欸，贺队平常不这样啊，全才，嘴皮子溜着呢。"

哦，那就是只对我话少咯？我可真是荣幸之至！

尽管我对贺秋白满腹牢骚，但不得不承认，高才生的办案效率就是高。我委实没想到他会在我前头查出小枫叶患病这件事。毕竟还有好些人对误食致死的说法深信不疑，抑或是还在眼巴巴地等着刘老太醒过来。

不过这也大大地提高了我的斗志，不争馒头争口气，再这么下去，在贺秋白眼里，我怕真成了个闲杂人等了。

大白这两天精神不太好，我原以为它是生病了便把它抱起来看看。好家伙，它差点把我拉到地上。"祖宗，你怎么又胖了？"

不知道柜子里又少了多少猫粮，看样子它趁我不在家没少贪嘴偷吃。

"喵，小音音，女孩子是不可以被说胖的，你果然是不爱我了。"虽然嘴贫是真的，但猫毛变得乱糟糟的，不开心也是真的。

"你背着我偷偷出去撸别的猫留下味道也就算了，竟然还带着我的小鱼干！欺猫太甚！喵！"

嫉妒使猫面目全非。

我抱着大白亲了亲它的小脑袋，突然明白了一个道理，不管是人还是猫都有着非常强的领地和排外意识，对于奇怪的侵入者都会有自然的警惕和不满。

而在小枫叶家小区的猫眼里，我就是那个奇怪的侵入者。

05

天气正好。

我十分信任地把大白丢进树荫下正在聊天唠嗑的猫群里，独自去小区周边溜达了一圈。附近公园里有打篮球的，十七八岁大的男孩子，青春又朝气。我顺手勾走其中一个男生手底的球，表演了个帅气的三步上篮。

"酷啊！"他们兴奋地吹起口哨，"同学谈恋爱吗？加个微信呗。"

我背对着一群人挥了挥手："小朋友好好吃饭，好好长高，姐姐男朋友一米九呢！"

一米七太矮，一米八差点，一米九正好，穿制服的男人最有气质，最好是个警察，刚毅正直，周正挺拔。气质冷一些，酷一些，不要中央空调……

不知为什么，我的脑海里突然一闪而过贺秋白的身影。

然而下一秒，我就被自己震惊到了，天哪，我怎么会想到他！

沈二狗的企鹅号显示电脑在线，我挑了几个手机里保存的他最丑的表情包发了过去，打听他们调查到哪一步了。

面对自己的丑照，沈二狗这回竟没抓狂，只回了我一句："刘老太醒了。"

"她有说什么线索吗？"

"没有，现在情绪还不太稳定，不过可以肯定的是她没有犯罪嫌疑，刘老太一直都没有放弃给小枫叶治病。"

沈二狗紧接着又发来一条消息："下午有会，你过来吗？"

"干吗问这个？不去。"我想了想又问了句，"你们贺队有女朋友了吗？"

那头一直显示"正在输入中",我等了好一会儿,迟迟不见消息传过来,于是一脸蒙地关了手机。

事实证明,把大白带来真是一个十分正确的决定,这才一会儿工夫,昨天还对我爱答不理的黑猫现在已经亲切地让我称呼它为大黑了。

大黑告诉了我一件很重要的事,前段时间,也就是小枫叶走失那天,有个女人来找过她。

我赶紧掏出本子把它的描述记下来:"那最近呢? 那个人又出现过吗? 你再好好想想……"

它们一大群猫凑着脑袋又围成一圈,喵喵地好一顿讨论,最后得出结论,应该是来过的,包裹得很严实,不确定是不是同一个人。

我把相关描述发到沈二狗的邮箱里,给他打了个电话:"沈翰林,查一查刘老太的社会关系,往深了查。"

刘老太的户口本上只有她和小外孙两个人,小枫叶的妈妈未婚先孕,生产的时候难产去世,可经过公安局的调查,刘老太其实还有一个女儿的,从小被送了人,改了姓氏,多年来一直没有联系。

嫌疑人画像已经出来了,沈二狗带着我去户籍档案处做了对比,相似度高达百分之八十。那女人叫王萍,在市区的一家夜店上班,巧的是她和她的男友李岩住的出租屋与新化小区只有两个公交车站的距离。

06

小枫叶的死肯定和王萍脱不了关系。

正当我觉得案件马上就要水落石出的时候,刘老太竟然翻供了,

250

不仅不承认与王萍有联系，还否认了家里没有老鼠药这件事。

她的通话记录上显示最后接通的是一个来自加油站附近的公共电话。

"我年纪大了，记不清了……"她反反复复就这一句话，再问就不出声了。

这种到关键时候反水的情况我见得多了去了，用脚趾头想都知道是怎么一回事，无外乎是有人拿血缘亲情当幌子，打感情牌劝她改口。

我盯着她那张布满皱纹的脸看了好久，刘老太其实并没有多老，五十多岁的年纪，可因为吃了大半辈子的苦，看起来倒像一位七十多岁的饱经风霜的老人。

我离开病房时还是问了她："小枫叶的病其实还有希望的对吗？我听说你之前打算把房子卖了。"

刘老太没有回答我，只是把头垂得更低了，背驼着，像一张要被压断的弓。

没有证据，一切的猜测都只能是猜测。我隔着玻璃看着刘老太孤独坐在病床上抹眼泪的单薄背影，突然感到一种悲哀的无力感。

坐在车上，我不知不觉地睡着了，迷迷糊糊间我梦见了小枫叶。

我很清楚自己是在做梦，她还是穿着第一次我见她时的那件粉色的毛衣，一个人被关在废弃的工厂里，我进去把她抱出来的时候，她揽着我的脖颈哭："求求你了，让我回家吧姐姐……"

她口中的"姨姨说带我去买糖"，我原以为是人贩子哄骗孩子的惯用伎俩，可现在回想起来，她所说的姨姨，应该就是王萍。

我是被一阵香味扰醒的，睁开眼睛，沈二狗正坐在我旁边"哼哧

哼哧"地吃面，而后排的贺秋白则在用笔记本电脑办公。

身上盖了件藏蓝色的外衣，我低头看了眼上头的警衔，这不是沈二狗的衣服，车窗上映着我清晰的侧脸，轻轻勾起的唇角带着一丝不易察觉的笑意。

沈二狗见我醒了擦擦嘴，放下手里的方便面指给我看："看见那里了没，四楼从右往左数第三个。"

车窗外传来一声猫叫，我把车门打开一条缝隙让它跳进来。猫的鼻子很灵，我把准备好的猫粮放在手上，它柔软的舌头舔得我掌心痒痒的。

我摸着它的背脊，轻声问："她今天还没有下楼对吗？要到晚上六点吗？"

"喵……"

这片老旧的城区里虽然没有监控，好在到处都有猫，哪怕是穿行在夜半的角落里，这双绿色的眼睛也总能撕破黑暗。

沈二狗对我能与猫咪对话这件事早就见怪不怪，可贺秋白却是头一次见。我回头时正对上他难以置信的眼神，于是冲他露出标准的八齿笑："小把戏而已，见笑了，贺队学识渊博，见多识广，肯定一点儿也不好奇。"

我满怀希望地等他说点什么，反驳、应和，随便什么都可以。可贺秋白只是喉结轻轻动了动，又立刻把头扭到一边去了。

很好，我咬牙切齿地盯着他的侧脸，心想，不说话拉倒，憋死你！

想我林希音二十多年来人见人爱，花见花开，没想到有朝一日竟在同一个人这里屡屡碰壁。

贺秋白，堪称我行走江湖的滑铁卢。

要想人不知，除非己莫为。经过这几天的调查，所有事情都有了合理解释，包括王萍的犯罪动机。

新化小区流传着将要拆迁的传言，而刘老太坚持要把房子卖了给孙女治病，这便是矛盾的爆发点。

"所以说，这王萍自然是不乐意的。"我在王萍的名字上画了个叉号，"她没有稳定工作，李岩又是个不学无术的混混，他俩不仅生活花销大，更重要的是李岩还欠了一屁股赌债。

"因为她在法律上与刘老太并无关系，房子的继承权无论如何都不可能到她手上，所以她选择害死的是小枫叶，而不是刘老太。"

世界千奇百怪，可唯有人心最为复杂，最难以揣测。

正当我们想该如何给王萍定罪的时候，天降大礼，贺秋白请的心理专家起了作用。刘老太终于承认了，她之所以撒谎是因为杀害小枫叶的凶手，的确就是王萍。

"那天是她给我打的电话，可我能怎么办呢？我老了，我只有她这么一个亲人了……"刘老太泪流满面，"是我鬼迷心窍，我对不起那孩子……"

事情到了这个地步，人证物证俱在，按理说应该是可以顺理成章地去把犯人捉拿归案了，可我越琢磨越觉得哪里不对劲。

"你不觉得王萍给刘老太打的那通电话很多余吗？"我对沈二狗说，

"如果她不打那通电话，刘老太无论如何也不会知道害死小枫叶的人是她，所以她这么做不仅不会消除嫌疑，反倒是留下把柄了。"

刘老太和小枫叶相依为命多年，再怎么说曾经的疼爱也不是假的，在三番五次的审问下，一个老太太的心理防线能撑多久？

沈二狗一愣："你的意思是说……"

他话没说完手机就响了，接着我听见他恼火的声音："什么？李岩不见了？！"

李岩，男，二十九岁，中等偏瘦，身高一米七八，身穿棕色短款潮牌夹克，黑灰色长裤。

我们所有的注意力都放在了王萍身上，倒是把他给忽略了。

我跟在大黑后头，拿着张速写画像询问沿途的猫咪："见过这人吗？他往哪个方向走了？"

"喵……"

"没有吗？"

十字路口的红绿灯一闪一闪的，人来人往，这种找法无异于是大海捞针。大黑一跃而起，爬到一旁的路灯上，它弓着背，尾巴高高翘起："喵……喵……"

猫的听觉要比人类敏锐得多："小音音，绿色长车，桐阳路、昌西路、柏树街……"

我把这些信息飞快地在脑子里过滤："桐阳、昌西，向南……221公交车……"我恍然大悟，"这趟公交的终点站是城西的老汽车站！"

我半路截了辆警局的车，打着刑警队贺秋白的名义去了老汽车站，然后堵着出站口等沈二狗他们过来。

　　警笛声不停地响，一众乘客不知所措地站在原地，这时企图下车溜走的李岩就格外显眼。

　　大黑转了一圈回来："喵，最东边那辆车后头。"

　　我飞快地跑过去按住想要逃窜的那人："行啊，小子，你还敢跑？我让你跑！让你跑！"

08

　　李岩虽说是被抓住了，可他对自己的罪名咬死不认，还反咬一口，说要告警察冤枉他，且滥用私刑，想要屈打成招。

　　"你们没证据，关不了我多久！"

　　真是树不要皮必死无疑，人不要脸天下无敌。

　　我问沈二狗接下来打算怎么办，沈二狗揉了揉他眼睛底下两个乌黑的眼圈："不还有个上赶着顶罪的冤大头吗？贺队说从王萍入手。"

　　王萍本质上还不算个丧心病狂的恶魔，贺秋白从她的银行卡记录里查到一笔今年年初的支出，收款人是王常军——她身患重病的养父。

　　"从这点上来看，她还有是点人性的，不至于为了这么点钱把小枫叶害死。"沈二狗长叹了一声，"唉，爱情啊，爱情！"

　　"屁！"真是辱了爱情这个词了。

　　我失眠了，在被通知不必再跟进小枫叶这个案子之后。

　　刑警大队又有了新案子，成天忙得像陀螺一样。凌晨两点半的时候，沈二狗才回了我消息："李岩跑不了的，你放心，想出去？美得他！"

　　"……你这两天辛苦，好好休息。"

他又随手拍了张照片发过来，一屋子的警员正窝在办公室里吃盒饭。暖黄色的灯光下，贺秋白脸上带着笑容，整个人都温和鲜活了起来。

"啧，"我盯着照片里的人，撇了撇嘴，"原来不是面瘫呢。"

烦心事是不能憋在心里的，不仅解决不了，还不利于身心健康，我深谙此理，于是把趴在猫窝睡得正香的大白弄了起来。

"贺秋白应该是有对策了。"

"喵？"

"可是我一想到李岩那副可恶至极的嘴脸，就吃不好睡不好，浑身都难受！"

大白打了个哈欠，舔了舔自己的爪子，叫声中带着股冷艳高贵的嚣张气焰："喵，这样的话，那就提前送他一程喽。"

早死晚死都得死，天网恢恢疏而不漏，何必多贪享一时，平白给别人添了恶心。

凡世都要有始有终。

我给王萍打了个电话，约她今晚十二点来临西路的废工厂见面，也就是小枫叶当初被人贩子藏起来的地方。

"搞这些没用的做干什么？你们不来抓我吗？我可是杀了人。"

李岩被抓得很突然，她应该还不知情。

我平生最讨厌这种不长脑子还自作聪明的人："王萍，你真的以为会有人相信你们这种拙劣的把戏吗？

"你们把这些证据都销毁了是吗？是不是处理得很干净？"

"你不来的话也没关系，"我冷笑一声，听着话筒里她渐渐粗重的喘息声继续说，"我这儿还有一个 adidas 的拉链头，在刘老太的房间

里发现的,你说我要是顺着这个纽扣去专卖店里找,能不能查到凶手?就算我查不到,那我能不能验到指纹?"

电话一下子被挂断了。

窝在我脚下的胖橘猫抬起一张大饼脸疑惑地喵了两声:"你有证据为啥不直接找警察来抓她?"

大白丢下爪子里的毛线团,鄙夷地看了它一眼:"笨,她有个屁证据,她诓那个傻蛋的。

"小音音,你的演技烂死了。"

我耸了耸肩:"骗那个傻蛋足够了,她联系不上李岩,肯定会上钩的。"

计划如期进行,和我预料的一样,那疯女人果然来了。

搞刑侦的女人多多少少有点心理偏执,我喜欢一切掌握在手中的感觉。东西跑偏了没关系,再把它搬回来就好了。

月光越过铁门照进空旷的屋子里,目之所及都灰蒙蒙的。

大概是早就知道我把她的底子摸得一清二楚,又或是存了破罐子破摔的心理,王萍竟然连脸都没遮,就这么无所顾忌地进来了。

我双手插在上衣口袋里,嚼了嚼嘴里的口香糖,吹了个又大又圆的泡泡。

"东西呢,"我歪着头朝她笑笑,"我就藏这儿了,喏,你找吧,找到就还给你。"

"交出来,"她阴恻恻地望着我,"不然我可什么都做得出来。"

"我要是不呢？"

"是你逼我的！"王萍猛地朝我扑过来，整个人压在我身上。大丈夫能屈能伸，我忍着把她掀下去的冲动，挨了她两拳。

"凶手是李岩是吗？是他把小枫叶毒死了！

"他害怕被抓住，所以畏罪潜逃了……"

打蛇打七寸，对付人要戳死穴，我继续对她说："他不要你了，骗你去给他顶罪……"

"不会的，不会，是我害死的！是我害死的！"她扯着嗓子大喊，已经不像正常人的精神状态了。

我的嘴里弥散着一股铁锈味，应该是哪里流血了："你居然真的蠢到心甘情愿为他顶罪，你不会难过吗？她可是你亲外甥女，她是你姐唯一的女儿……咳咳，她还，还那么小！"

"我不想的，我也不想的！"王萍揪着我的头发把我的脑袋往地上砸，"都怪你！都怪那些多管闲事的警察！如果不是你们，我都把她丢掉了，谁让你们把她找回来的！"

她歇斯底里地吼叫："如果不是你们，岩哥根本就不会毒死她！如果不是你们，岩哥根本就不会离开我！"

人与人之间的悲欢并不相通，所以说永远不要试图和一个疯子讲道理。

"你才是凶手，你才该死，你去死吧！"

我赶在她掐我脖子之前抬起膝盖狠狠地往她小腹上来了几下，近身格斗我还没怕过谁，更何况是王萍这个身材消瘦的弱女子。

我直起身子，抹了把嘴角渗出的血迹，活动了下手腕："吃了熊心

豹子胆了？敢打我的脸，本姑娘的脸也是你能打的？！"

除了当年高考时，我因为偷偷改了志愿被我爸拿着鸡毛掸子追了两条街之外，从小到大还没有哪个不长眼的敢招惹我。

"哼，"我撸了撸袖子，"你死定了！"

守在门外的猫一溜烟儿地跑进来好几只，"喵喵喵"地围着我叫唤："别打了，警察来了！"

"沈二狗？"

"不是，是那个大高个……"

我看了眼自己骑在王萍身上的豪放姿态，赶紧爬起来站好拢了拢我凌乱的头发。

"林希音！"贺秋白的身影快速出现在门口，这还是他第一次正式叫我，以至于我光顾着沉浸在终于拥有了姓名的幸福感当中，全然没有注意到他脸上的惊慌。

直到被贺秋白拉到一边，耳边传来刀子被踢落的声音，我才反应过来。

刑警队的人陆续都赶过来了，王萍被铐上手铐，押上警车。

从口袋里掏出录音笔，我咧着破了的嘴角在贺秋白眼前晃悠："看，证据。"

贺秋白立在那儿一动没动，又不说话了。

"怎么了？"我保持着微笑，眼睛一眨不眨地盯着他看。

没关系，只要我不尴尬，尴尬的就是别人。

贺秋白的嘴巴张了张，像是想努力说些什么，可到底没说出来。

如果不是刚才亲耳听到他喊我的名字，我真的以为他对我有什么意见，

不然他为什么一直都对我是一副爱答不理的样子，活像我欠他二百万。

不过很快，我发现他有些不对劲，一张俊脸皱巴巴成了抽象派画作。

"不舒服吗？"我向前一步试探着握住贺秋白的手，意外发现他掌心里全是汗。

"你……是在紧张吗？"我嘴比脑子快，话说出口才觉得自己这问题问得简直莫名其妙。

可我没想到的是，贺秋白低头凝视着我，好一会儿，他痛苦地闭上眼睛，艰难地点了点头。

这让我更加莫名其妙。

李岩因故意杀人，且情节严重，被判死刑。王萍因遗弃儿童，包庇罪犯被判三年有期徒刑。

事情能够顺利解决，大黑和胖猫它们功不可没。为了感谢它们，我决定请它们吃顿好的。得知我要请它们吃大餐，小区后的小树林，方圆几里内的猫咪们拖家带口地全来了。

"那只小花猫呢？"我找了一圈没看到，"就住垃圾桶旁边的那个。"

大黑奇怪地看了我一眼："哪有什么小花猫，再说了，我们猫天生爱干净，谁会想去住在垃圾桶旁边？你少坏我们名声！"

我想起那小花猫最后一瘸一拐离开的背影，低声喃喃道："没有吗……"

这件事后，我和贺秋白的关系终于有所缓和，他也愿意和我说话了，

不再用"嗯"或点头敷衍我，不过嘴里蹦出的字依然很少。

我忍不住逗他："来，让我数数今天贺队跟我说了几个字。"

"一、二……不错，竟然超过十个了！怎么，我身上是有病毒吗？语言交流就传染？"

他摇了摇头："不是……"

"那是为什么？"我逼问道。

他想了一会儿，说："大概是因为紧张？"

我被他逗笑了："你是我们的刑警大队长，对我一个临时工紧张什么啊。"

他顿了顿，半晌才开口："或许是喜欢吧……"

轰，我感觉脑海里有什么东西突然炸开，脸上的热度也在以最快的速度蔓延。我万万没想到，这个平时话都没有几句的高岭之花，突然蹦出的话这么具有杀伤力。

我和贺秋白在一起了，尽管连我自己都觉得不可思议。

沈二狗说："贺秋白该去看看眼科了，不然怎么会看上你！"

我一胳膊肘捅过去："闭上你的嘴，单身狗。"

有些事就是这么奇妙，缘分来了挡都挡不住。

后来，我问贺秋白为什么会喜欢我。他一见我就紧张的毛病又犯了，却还是认真地说："喜欢就是喜欢，没有为什么。"

嘤，我以前怎么不知道贺秋白这男人这么会撩！

有实力的人总是低调的，老话诚不我欺。

当然，老话还说，会哭的孩子有糖吃。不过照贺秋白这种性子，估计我俩以后要是吵架了，他也只会打碎了牙往肚子里咽。

"啊，小可怜啊。"我抬起脚尖，努力摸了摸他的发顶，"没关系，姐姐让着你好啦。"

"不吵，"他顺势把我抱在怀里，一字一句说得格外认真，"我们不会吵架的。"

他委屈的样子像极了一只大猫，我爱极了贺秋白的反差萌，只觉得心底柔软一片："嗯，不吵架，怎么会吵架呢？我可是有特殊的沟通技巧呢！"

<END

图书在版编目（CIP）数据

异能少女／A小姐主编.
—武汉：长江出版社，2020.12
ISBN 978-7-5492-7500-7

Ⅰ.①异… Ⅱ.①A… Ⅲ.①短篇小说－小说集－中
国－当代 Ⅳ.①I247.7

中国版本图书馆CIP数据核字（2020）第261253号

异能少女 ／ A小姐主编

出　　版　长江出版社
　　　　　（武汉市解放大道1863号 邮政编码：430010）
选题策划　李苗苗
市场发行　长江出版社发行部
网　　址　http://www.cjpress.com.cn
责任编辑　李 恒
特约编辑　沈 曼
总 编 辑　熊 嵩
执行总编　罗晓琴

画　　手　澪无　snanake	开　本　880mm×1230mm 1／32
装帧设计　肖亦冰　倪 争	印　张　8.25
印　　刷　恒美印务（广州）有限公司	字　数　190千字
版　　次　2020年12月第1版	书　号　ISBN 978-7-5492-7500-7
印　　次　2021年1月第1次印刷	定　价　38.80元